EUROPUNK

Dépôt légal : Mai 2019

ISBN : 979-10-95442-42-4
Illustration de couverture : Floriane Moisan
Crédits image : Shutterstock/Weiensbach
Freepik.com

Realities Inc.
2, rue des Promenades
22000 Saint-Brieuc

EUROPUNK

Realities Inc.

SOMMAIRE

PRÉFACE

Les anthologistes

Florent Lenhardt est un Franco-Allemand résidant actuellement en Suède. Amateur de SFFF, de mythologie et d'Histoire, il est l'auteur du cycle d'anticipation uchronique et dystopique *Pax Europæ*. Dans ses textes, il s'interroge sur le futur de l'Europe et de ses citoyens, leurs choix et leurs dilemmes, leurs devoirs et leurs responsabilités.

Jeune auteur installé aux États-Unis, Guillaume Parodi écrit surtout pour le domaine des littératures de l'imaginaire. Nouvelliste, ses textes sont publiés dans les anthologies ou les revues, Galaxies et Géante Rouge, ou encore sous son seul nom. Il a aussi représenté la France dans la catégorie littérature à la 8e édition des Jeux de la Francophonie, en Côte d'Ivoire.

PRÉFACE

Le 16 avril 2013, Florent Lenhardt publiait sur le site Acta Est Fabula un article intitulé « Europunk ! ». Comme j'aime les noms de genre un peu ronflants, surtout quand ceux-ci finissent par –punk, je suis allée le lire. J'en affaiblirais le propos en le résumant ou le paraphrasant : Florent connaît bien son sujet, et ce n'est pas mon cas. Et c'est même ce qui m'a frappée dans la lecture de cet article : l'Europe, je devrais la connaître, mais je peine à m'y intéresser. Et l'Europe est si absente de nos imaginaires que je ne m'étais pas aperçue de cette lacune. J'ai ressenti un grand embarras à cette prise de conscience. Voilà ce qu'écrivait Florent :

« Il est un sujet d'actualité économique, sociale et culturelle auquel on ne peut échapper ces trois dernières années (et même bien avant cela mais les choses vont en s'exacerbant), et que pourtant la SF de chez nous semble ignorer poliment : L'Europe.

Pourtant héraut des thèmes qui font notre présent et modèlent nos futurs possibles, la SF se désintéresse de la construction européenne comme de l'an 40, alors que jamais depuis Maastricht on n'a connu autant de débats, de projets, de crises, de doutes. Jamais ce projet politique, économique et social inédit qui semble acquis pour beaucoup n'aura autant tremblé sur ses bases. Les citoyens d'Europe sont face à une crise majeure qui remet en cause les lignes de notre futur qui semblaient pourtant toutes tracées. La méthode Monnet est à bout de souffle, le nationalisme revient en force, les bienfaits du supranationalisme sont remis en question, avec le retour de vieux démons que tous les Européens partagent dans leurs différences. Le lecteur de SF d'aujourd'hui, à d'infimes exceptions près, n'a pas connu une Europe sans construction européenne. Beaucoup ne se souviennent pas vraiment de l'Europe sans Maastricht. La nouvelle génération n'a que de vagues réminiscences de ce à quoi ressemblait un billet de franc. Or, face à ce déferlement de scandales, d'échecs dans un climat de crise, tout cela est contesté sérieusement pour la première fois depuis la création de la CECA. Ce que cela implique, c'est que les Européens font face à un choix crucial : continuer, ou reculer. Alors qu'avant, on pouvait se contenter de faire du sur-place, la Crise de l'Euro donne un coup de pied dans la fourmilière. Les implications pour notre mode de vie à court, moyen, et long termes sont énormes, et pour beaucoup de jeunes aujourd'hui, inimaginables (bien qu'ils – ou parce qu'ils – ne s'en rendent pas forcément compte). Dans un contexte où de tels bouleversements s'amoncellent à l'horizon, que l'on décide de revenir en arrière ou de poursuivre franchement l'intégration, on aurait pu être en droit d'attendre que les auteurs de SF européens se penchent sur la question. Eh bien non.

L'Europe n'est pas glamour, c'est d'ailleurs l'un de ses gros points faibles. L'Europe ne sait pas se vendre, ni à l'étranger, ni même, et c'est bien plus grave, à ses propres citoyens. Toutes ses tentatives de communication ou presque finissent en eau de boudin, et l'Européen lambda ne ressent pour l'Union européenne qu'un sentiment froid, neutre et vaguement chirurgical – l'efficacité en moins. Est-ce la raison pour laquelle, en langue française, on trouvera si peu d'écrits s'intéressant franchement au futur de notre continent ? »

Dans la suite de son article, Florent commentait les rares œuvres de sa connaissance à traiter la question de l'Europe : *L'Ange de l'Abîme*, de Pierre Bordage, *L'insurrection* de Pierre Lévy, *Super État, l'Union européenne dans quarante ans* de Brian Aldiss, *The Aachen Memorandum* de Andrew Roberts, *The Budapest Protocole* de Adam LeBor, *United States of Europe* de Ken Jack, et *Incompetence* de Rob Grant, pour aboutir à la conclusion suivante :

« Presque toutes les (rares) fictions sur l'Europe de demain sont extrêmement négatives, pessimistes, voire nihilistes. Rien à sauver ou presque, un rejet complet de ce que l'UE est devenue sans trop chercher à réfléchir sur le pourquoi, sur ce qui aurait pu être mieux fait, sur les motivations à chercher l'intégration. La plupart des arguments et visions "alternatives" tournent autour de ce simple crédo : C'était mieux avant. Sans jamais imaginer une seule seconde ce qui se passerait si on y revenait, à avant, d'ailleurs. *Aachen*, *United States of Europe*, même *L'Ange de l'Abîme* dans une certaine mesure, nous amènent jusqu'à la fin du colosse et laissent l'avenir en suspens sans réellement se pencher sur les implications des changements à venir. "Le futur est ouvert !" oui, "aucune idée de ce qui vient ensuite", non. Nous avons de bien noirs tableaux, sans visions alternatives. On tire sur l'ambulance sans réelle alternative autre que : retournons avant l'accident.

En soi, on peut y voir un indice révélateur de la mentalité de notre époque. S'indigner, se révolter, trouver tout injuste et mal fait, oui, mais tout en peinant à trouver d'autre solution que la régression au passé glorieux, l'Âge d'Or révolu où il y avait emploi, paix et prospérité sur les terres. C'est intéressant parce qu'à l'heure où plusieurs nations européennes s'enfoncent dans ce magma idéologique qui nous a déjà apporté son lot de joyeusetés par le passé dans une pas si sympathique répétition de l'histoire (L'Aube Dorée, vous dites ?), personne, dans la SF actuelle, ne semble intéressé par ce phénomène, ou presque… »

À cette lecture, j'ai fouillé ma mémoire. Je vous invite à vous prêter à cet exercice. Est-ce que je connais des œuvres littéraires qui traitent, plus ou moins, de l'Europe, son avenir, son incidence sur nos existences ?

Des romans se déroulant dans des villes européennes, oui… mais ils n'ont pas l'Europe pour thème. Et c'est déjà presque pas mal, parce que pour le reste, je séchais complètement.

Je ne prétends pas avoir une connaissance encyclopédique des genres de l'imaginaire, tant s'en faut, mais j'ai tout de même lu une quantité conséquente de livres, et je séchais.

Alors, en lisant la conclusion de l'article, je me suis questionnée sur ce que j'allais bien pouvoir faire pour y remédier.

« À l'heure où tout le monde cherche à créer des étiquettes de genres ronflants et tape-à-l'œil, je m'étonne qu'aucun auteur n'ait encore eu l'idée de s'engouffrer dans cette brèche encore pratiquement vierge de la SFFF. Alors puisqu'aucune célébrité ne s'y colle, je ne vois pas pourquoi je ne créerais pas à mon tour une appellation de toute pièce pour l'occasion.

Ce qu'il nous faut, c'est de l'Euro-Punk.

J'appelle solennellement les auteurs de SFFF européens à qui le futur politique, social et culturel de leur(s) pays fait lever des sourcils inquiets ou pleins d'espoir, de se pencher ne serait-ce qu'un instant sur ce continent en ébullition où 500 millions de citoyens sont peut-être sur le point de faire un pas d'un demi-siècle en arrière. Pour le meilleur ou pour le pire ? À vous de nous en parler.

Que vive enfin l'Euro-Punk ! »

Deux ans plus tard, Florent Lenhardt ajoutait, dans un P.S. :

« Que ce soit pour en défendre l'idée ou la combattre, que ce soit pour en rêver une meilleure unie ou chacun de notre côté, que ce soit un pamphlet, que l'on s'intéresse à l'aspect politique ou social, ou les deux, peu importe, je crois qu'il faut redonner aux gens des perspectives sur l'Europe qui ne soient pas simplement des dépêches AFP arides et des déclarations de la Troïka. Car que cela nous plaise ou non, le futur de l'Europe en tant que concepts, en tant qu'institutions, en tant que culture et en tant que peuples, c'est notre futur, et qu'il serait peut-être temps d'y réfléchir sérieusement, et d'essayer d'imaginer des alternatives pour un peu moins de gloom and doom et un peu plus d'espoir.

N'est-ce pas un peu le boulot de la SF ? »

Pour l'anecdote, il se trouve que peu de temps après avoir lu cet article, je discutais avec Guillaume Parodi et, je ne sais plus pourquoi (ça commence à remonter à longtemps), celui-ci m'a parlé d'Europunk. C'est peut-être parce qu'à ce moment-là, nous étions plusieurs à travailler sur le projet « Quantpunk » et qu'on avait de nombreuses conversations sur les genres en –punk ? Je lui ai transmis le lien de l'article de Florent, et il y a répondu sur son propre blog.

« Nombreux sont les chantres de la destruction dans le discours littéraire actuel et passé, et ce phénomène ne date pas d'hier. Les récits apocalyptiques émaillent la tradition littéraire européenne depuis au moins l'écriture de l'Apocalypse selon Saint Jean et, sur la longue route qui nous a menés depuis l'écriture de ce texte jusqu'à aujourd'hui, on retrouve William Blake et sa cosmogonie inversée au cours de ses poèmes, Barjavel et son avenir étouffant décrit dans son roman *Ravage*, où la société est sauvée par un éloignement des villes et un retour aux sources. Depuis ce dernier roman, paru en 1943, beaucoup d'œuvres ont exploré les possibilités d'un monde post-apocalyptique avec des personnages confrontés soit aux conséquences d'une apocalypse nucléaire, soit d'une apocalypse écologique ou encore sociétale. Et si quelques romans, étudiés par Florent Lenhardt, s'intéressent à l'avenir de l'Europe, peu d'entre eux envisagent à défaut d'un avenir radieux, tout du moins une solution pour pallier aux problèmes d'aujourd'hui. Seule la *Brigade chimérique* semble trouver grâce à ses yeux car cette œuvre de bande dessinée parvient à "écrire comment nos cultures [européennes] sont complémentaires, notre histoire imbriquée, mais comment nous continuons perpétuellement à ne pas nous entendre en dépit de l'évidence même : notre union fait notre force, nos guerres intestines mènent tout le monde au désastre."

[...] La littérature est un objet qui raconte le vraisemblable. Alors, plutôt que d'enfermer notre vision sur l'Europe d'aujourd'hui par une exacerbation des nationalismes, il serait intéressant de pousser la réflexion de l'Europe un peu plus.

Beaucoup plus facile à dire qu'à faire. Il est facile de narrer le fatalisme et le marasme ambiant qui règne en Europe. Celle-ci n'est pas exempte de guerre (guerres en ex-Yougoslavie, Ukraine) et fait face à de nombreux problèmes tant économiques que migratoires. Je reprends les mots de Hugo van Gaert sur son carnet de notes qui me semblent bien résumer la situation sur les afflux de réfugiés en Europe : "C'est arrivé. Aux générations à venir, nous dirons que nous ne savions rien de ces bateaux en ruine qui coulaient avec leur cargaison humaine, de ces camions où mouraient des migrants comme dans des camions chambre à gaz. Nous dirons que si nous avions su, bien sûr, si nous avions su...".

[...]

Pour revenir à l'objet littéraire, il nous faudrait donc trouver un moyen d'écrire notre futur d'une manière sinon utopique, tout du moins critique et, pourquoi pas, heureux. Voilà ce à quoi incite Florent Lenhardt dans son article Europunk. Et qu'est-ce que c'est que l'Europunk ? Un fils bâtard de l'esthétique punk, pourtant déjà morte depuis presque trente ans, et du courant littéraire du cyberpunk, presque aussi défunt que l'esthétique susnommée. Le sujet de cette écriture sociale est notre présent. Que pouvons-nous, nous écrivains, apporter comme grain à moudre dans le moulin de la pensée ? Il est important de réagir contre la résurgence des nationalismes, contre l'inaction des gouvernements européens pour s'entendre sur les sujets les plus basiques tels que la vie humaine. L'Union européenne fait face à son autodestruction – est-ce vrai ? On peut espérer, dans les semaines, les mois et les années à venir, davantage de récits qui mettent en lumière la scène européenne d'aujourd'hui. Nous en avons besoin. »

Florent et Guillaume parlent tellement bien de l'Europe que c'en est presque intimidant, si l'on se place du côté de l'auteur auquel on demande de relever un tel défi. J'ai donc lâchement préféré en éditer, pour ma part, pour porter l'idée au sein d'un appel à textes, devenu anthologie. Des auteurs ont été plus courageux que moi et ont bravement retroussé leurs manches pour nous proposer leur vision. L'exercice n'était pas facile et nous saluons quiconque a répondu à cet appel. Appel entendu de loin, au-delà des frontières de l'Europe. Je pense en particulier à Mose Njo, qui nous fait entendre sa voix de Madagascar : merci.

Neuf textes ont été sélectionnés pour l'anthologie que vous vous apprêtez à lire. Sous la plume d'Olivier Boile, Jonathan Grandin, Romain Jolly, K.T., Geoffrey Legrand, Philippe-Aurèle Leroux, Mose Njo, Sandrine Scardigli et Jean-Marc Sire c'est à un avenir impertinent, rebelle, sombre ou lumineux que cette anthologie vous invite, avec une dose de critique constructive et une autre d'insolence assumée !

Bonne lecture, et que vive l'Europunk !

Tesha Garisaki, citations de Florent Lenhardt et Guillaume Parodi, avec leur aimable permission

Addendum de Florent Lenhardt

Les défis que mon article et la réponse de Guillaume énonçaient initialement sont toujours là, la situation est même pire sous certains aspects. Si les chiffres semblent indiquer une diminution de l'afflux migratoire en Méditerranée, cela ne signifie en rien que les gens ne meurent plus tous les jours à nos frontières pour autant. Et les vagues de réfugiés climatiques engendrées par le réchauffement de la planète sont encore à venir. La question de nos frontières et de nos politiques vis-à-vis de ces gens en détresse demeure. Lorsqu'on voit comment les États membres de l'UE se renvoient individuellement la balle dès qu'il faut accueillir un navire comme l'Aquarius, on se rend compte de l'absence cruciale de l'Europe et son incompétence – au sens littéral – sur ce terrain.

D'autant plus qu'entre-temps, les populistes ont remporté deux victoires majeures à quelques mois d'intervalle en 2016. D'abord celle de la campagne en faveur du Brexit menée par Nigel Farage, Boris Johnson, etc., sur la base de mensonges éhontés, d'approximations trompeuses et d'une rhétorique xénophobe et raciste. Puis, quelques mois seulement après ce référendum, celle de la campagne présidentielle du milliardaire Donald Trump, aux propos racistes et misogynes décomplexés. Au-delà de l'avertissement que de telles victoires nous donnent à l'aune de la montée des populismes en Europe (Italie, Hongrie, Pologne, par exemple, mais le phénomène se retrouve partout, à des degrés divers), la présidence de Donald Trump aura surtout secoué les dirigeants européens sur une question cruciale : la défense européenne. Les exigences de Trump vis-à-vis de l'OTAN (sur laquelle la défense européenne repose majoritairement à ce jour) et ses lubies en matière de politique extérieure amèneront même Angela Merkel, chancelière allemande, à dire : « Les temps où nous pouvions totalement nous reposer sur d'autres sont en partie révolus. [...] Nous, les Européens, nous devons vraiment prendre en main notre propre destin. » On ne peut donc plus se reposer en toute confiance sur les États-Unis pour nous protéger comme ce fut le cas depuis… la fin de la Seconde Guerre mondiale. Certains le disent depuis des décennies, le marronnier de la Défense commune revient régulièrement, mais à chaque fois la situation est plus pressante. En effet, ces dernières années ont également vu un regain de tensions diplomatiques, économiques, voire militaires avec nos « partenaires stratégiques » comme la Turquie d'Erdoğan ou la Russie de Poutine. Sans surprise, ce sont également des pays avec lesquels nous sommes en porte-à-faux sur des valeurs (universalisme, droits de l'Homme, liberté de la presse, protection des minorités, etc.). Peut-on alors parler de valeurs européennes ? Et si oui, sont-elles nécessairement liées à l'institution qu'est l'Union européenne, ou plutôt à une européanité de culture et d'Histoire ? Une question essentielle, mais qui en parle ?

On le voit, l'Europe est sous pression, elle doit faire des choix. En Grande-Bretagne ce choix semble être celui du Brexit, bien que, dans un retournement de situation inattendu, le résultat du référendum ait secoué le paysage politique à hauteur d'homme. Les révélations des mensonges de la campagne de Farage, des coûts réels du Brexit et de ses conséquences, ont fait sortir de l'ombre les pro-européens enfin réveillés par ce coup de clairon, effrayés pour leur futur et maintenant plus vocaux. Les débats ne sont plus dominés par les rhétoriques xénophobes du UKIP et les articles tapageurs du Daily Express comme durant la campagne, il y a un regain d'intérêt populaire pour la question européenne là où on ne l'attendait plus. Quant au processus lui-même, le Royaume-Uni n'aurait jamais semblé aussi… désuni. Dissensions internes, discours de sécession, impossibilité de s'accorder sur des conditions… l'absence de stratégie et de réflexion criante au-delà du vote « oui » ou « non » est terrifiante. On a voté une décision aussi majeure sans avoir aucun plan.

En France, certains partis comme l'UPR ou les Patriotes parlent Frexit. En Allemagne l'AFD parle d'une sortie de l'UE dès 2024. En revanche, en Suède, les Démocrates Suédois (l'équivalent du Rassemblement National en France) ont préféré abandonner leur campagne pour un Swexit, afin de « changer l'UE de l'intérieur ». Une stratégie similaire à celle de Marine Le Pen, d'ailleurs, et qui fait déjà ses preuves en Europe de l'Est comme mentionné plus tôt. Qu'ils veuillent sortir de l'UE ou la remodeler à leur image, les nationalistes et les populistes sont en marche. Ils progressent. Et qui se dresse en face d'eux ? Personne, ou presque. Car en France, il y a un politicien qui a fait de l'Europe un de ses thèmes majeurs, qui le monopolise pratiquement jusqu'à devenir la seule alternative possible. Il a même fait jouer l'hymne européen lors de son investiture : Emmanuel Macron. De fait, il n'a pas eu à faire beaucoup d'efforts pour accaparer le titre de Monsieur Europe, le terrain était déjà en friche depuis longtemps. Problème : M. Macron fait un hold-up sur la question européenne, et celle-ci n'avait pas besoin de ça pour se faire détester encore plus. Et si aujourd'hui Macron = Europe, Europe = Macron, c'est parce que ce terrain a été abandonné, négligé, oublié. Bientôt on ne pourra être que Frexit ou Macron, et c'est non seulement triste, mais surtout dangereux. Par ce procédé on nous impose un choix binaire insatisfaisant. On nous retire le droit à l'alternative.

Ce droit, c'est à nous de le reprendre. Cette alternative, il nous revient de l'imaginer, de l'inventer, de l'écrire. Derrière l'Europunk, c'est aussi l'idée du do it yourself appliqué à l'Europe : puisque nos dirigeants ne nous offrent pas les perspectives que nous souhaitons, qu'à cela ne tienne, nous reprenons le contrôle de la planche à esquisse.

Florent Lenhardt

L'EMPIRE
DE
MARBRE

Olivier Boile

Né en 1981 dans l'Oise, Olivier Boile s'est mis sérieusement à l'écriture à la fin du vingtième siècle et cela fait maintenant une dizaine d'années qu'il publie de manière régulière dans diverses revues et anthologies consacrées aux littératures de l'Imaginaire. Ses textes sont souvent inspirés de mythes et légendes ou de faits historiques qu'il revisite à la sauce fantasy, fantastique ou science-fiction. *L'Empire de Marbre* est sa première publication chez Realities Inc., mais d'autres sont prévues dans un futur proche…
Son site d'auteur : http://olivierboile.wordpress.com

Bibliographie :

Romans :
Nadejda, Nestiveqnen (2017)
Les Feux de l'Armure, Nestiveqnen (2013)
Medieval Superheroes, Nestiveqnen (2012)

Dernières nouvelles parues :
Que jeunesse se passe, Anthologie « Souvenirs du Futur », Artistes Fous Associés (2019)
Les mâtins de Roanoke, Anthologie « Cerbères, molosses et autres caniches » Les Deux Crânes (2018)
Des dieux et des machines, Anthologie « Tisseurs de mondes » Arkuiris, (2018)
Les vases de Soissons, Anthologie « Malédiction », Mots & Légendes (2017)
Il menait le Chœur des Cieux, Anthologie « Soundtracks » Otherlands (2017)

L'Empire de Marbre

Olivier Boile

Depuis près de cinq siècles il demeurait immobile.

Statue de marbre aux yeux clos et aux traits dénués de toute expression, il semblait indifférent au sort des vivants. Il n'était pourtant ni sourd ni aveugle. Avec une attention scrupuleuse, il écoutait battre le cœur de son pays et, au-delà, celui du monde entier ; et s'il avait cessé de respirer près de cinq siècles plus tôt, il n'en continuait pas moins de sentir au plus profond de son être chacun des soubresauts de l'histoire. Il avait vu la Grèce ployer sous le joug des sultans ottomans. Puis il avait vu son peuple relever la tête et, avec l'appui de patriotes étrangers, recouvrer une liberté et une souveraineté après lesquelles il avait si longtemps soupiré. Il avait vu, ensuite, ces mêmes étrangers libérateurs se muer en oppresseurs. Français, Allemands, Russes, Britanniques s'étaient mis en tête que la Grèce leur appartenait, ou du moins qu'il convenait de la maintenir sous tutelle : elle n'était qu'un enfant qu'il fallait éduquer et guider sur le chemin tortueux de la modernité... Donner aux Hellènes des leçons de civilisation, vouloir leur enseigner la raison, la démocratie, quelle impudence !

Ce fut à cette époque que l'on se rappela ce souverain byzantin qui, disait-on, attendait l'occasion de revenir à la vie. Terré sous son ancienne capitale devenue turque, il laissait le temps passer sur les lieux et les hommes sans abandonner l'idée de reprendre un jour son bien. Lorsqu'il sortirait de son long sommeil, il rendrait à la nation grecque sa fierté perdue. Mais en dépit des affronts, des blessures, des humiliations endurés, depuis près de cinq siècles l'Empereur de Marbre demeurait désespérément immobile. Pour les esprits forts, son retour annoncé ne pouvait être qu'une superstition populaire, il était un personnage folklorique parmi tant d'autres : en Allemagne, les crédules parlaient du réveil prochain de Frédéric Barberousse, relégué avec ses plus fidèles chevaliers dans une grotte en Thuringe ; en Angleterre, de celui d'Arthur Pendragon, perdu dans les brumes d'Avalon ; au Portugal, de celui du jeune Sébastien d'Aviz, porté disparu sur un champ de bataille au Maroc...

Il fallut attendre le conflit gréco-turc déclenché en 1919 pour que le mythe de l'Empereur de Marbre prît une tournure bien réelle. Ce fut un véritable séisme, dont les conséquences furent sans commune mesure dans toute l'histoire récente.

Nous étions en septembre 1922. Les traités de paix de la Grande Guerre avaient créé dans les Balkans plus de problèmes qu'ils n'en résolvaient. La Thrace et les franges égéennes de l'Asie Mineure – terre natale d'Homère, de Thalès, d'Hérodote : était-il possible d'être plus grec ? – revenaient enfin dans le giron de la mère patrie ; mais la Turquie naissante, menée par un certain Mustafa Kemal, ne pouvait s'y résoudre. Pour l'Empereur de Marbre, ces événements auraient dû ne constituer qu'une nouvelle péripétie. Quatre cent soixante-neuf ans s'étaient écoulés depuis la prise de Constantinople par les armées de Mehmet le Conquérant, quatre cent soixante-neuf années au cours desquelles l'ennemi héréditaire n'avait cessé de persécuter, violenter, détruire, brûler tout ce qui passait pour grec. En ce sens l'attaque de Smyrne n'était qu'un affront de plus, inscrit dans la triste logique de l'histoire. Et pourtant... En ce mois de septembre 1922, l'Empereur de Marbre perçut un léger frémissement aux extrémités de ses membres. Son front lisse de statue se barra d'un pli soucieux. Sa barbe taillée en pointe se redressa. Son nez remua, puis se tordit sous l'effet d'une odeur âcre : de la fumée, à n'en pas douter. Immédiatement, il sut. À plus de trois cents kilomètres de là, un incendie criminel provoqué par les soudards de Mustafa Kemal ravageait le port de Smyrne, la perle du Levant, la plus prospère et la plus heureuse des cités grecques, paradis multiculturel où cohabitaient en bonne intelligence chrétiens orthodoxes et catholiques, juifs et musulmans. S'il s'était trouvé un spectateur dans les ténèbres du sépulcre caché sous la Porte d'Or de Constantinople, il aurait vu grimacer un visage qui depuis près de cinq siècles n'exprimait plus rien ; il aurait ensuite entendu résonner une voix, forte et décidée – la voix d'un véritable chef, assurément ! – qui avait cessé de tonner avec la chute de Constantinople.

« Ces chiens mahométans sont en train de ravager ma bonne ville de Smyrne. La race hellène est-elle devenue si faible qu'elle ne puisse se défendre ? Cela ne peut plus durer ! »

L'Empereur de Marbre passa une main sur ses tempes, sur ses épaules, sur sa poitrine. Il se sentait plein d'ardeur, comme au seuil d'une bataille décisive. Il portait toujours l'armure lamellée, le casque incrusté de pierreries, la cape de soie pourpre avec lesquels il mena son ultime charge contre les Ottomans, avant qu'un ange ne vînt le tirer des griffes de la mort en le changeant en statue... Une statue qui, à cet instant, reprenait vie.

« Le temps est venu de remettre de l'ordre en ce bas monde. Mon empire doit renaître. »

Alors les esprits forts qui refusaient de croire aux récits traditionnels comprirent leur erreur. Le vingtième siècle serait celui de la puissance grecque restaurée. L'Europe entière se verrait bientôt unie sous une seule bannière : celle de Constantin Dragasès, dernier empereur de la dynastie Paléologue.

*

Les deux parlementaires allemands avaient débarqué l'avant-veille au port du Pirée en provenance de Smyrne.

Dans la troisième ville de la Fédération, que l'un et l'autre visitaient pour la première fois, ils avaient présenté le programme budgétaire de leur nouveau gouvernement devant le directoire du Trésor communautaire. Autrement dit : un duo de politiciens locaux, issus de l'une des régions les plus défavorisées du continent européen, avait dû tenter de convaincre les Six Sages de Smyrne, ces hommes qui tenaient entre leurs mains les destinées économiques de vingt-huit États, du bien-fondé de décisions prises dans la lointaine Francfort. L'exercice était périlleux. De toute évidence, il n'avait pas été couronné de succès. Une petite demi-heure d'entretien avait suffi aux Sages pour s'apercevoir que l'Allemagne faisait fausse route.

« Monsieur Merkel, madame Juncker, avait déclaré l'un d'entre eux avec une affabilité trop marquée pour être sincère, quand vous rentrerez chez vous, il vous faudra exiger de votre gouvernement qu'il revoie sa copie. Nous ne pouvons en aucun cas valider le point 4 de votre ébauche de programme budgétaire, ainsi que le point 7, qui nous semblent tout à fait contraires aux dispositions prises à Constantinople par l'Assemblée fraternelle des Peuples en date du... »

Les deux parlementaires n'avaient qu'à hocher la tête en écoutant la litanie des désapprobations. Ils comprenaient. Ils s'étaient d'ailleurs adressés au directoire du Trésor communautaire sans se bercer d'illusions, conscients que les aspirations du peuple allemand étaient fondamentalement inconciliables avec les grandes orientations économiques de la Fédération démocratique et populaire. L'Allemagne n'était malheureusement pas la Grèce, et la Grèce, qu'on le veuille ou non, donnait le *la* aux politiques en vigueur d'un bout à l'autre de l'Europe. Le volet financier était essentiel. La monnaie unique, si longtemps espérée, était désormais une réalité. De l'Andalousie à la Laponie, de l'île de Malte aux Highlands d'Écosse, on réglait la moindre transaction en nomismata ; chacune de ces pièces, chacun de ces billets à l'effigie de Constantin Dragasès, était émis à Smyrne par le Trésor communautaire. Les différentes banques nationales avaient été dissoutes sans tambour ni trompette au cours des dernières années du vingtième siècle.

Congédiés par les Six Sages, Tobias Merkel, député de Rhénanie-Palatinat élu dix mois plus tôt, et Anneliese Juncker, députée de Bavière depuis 2009, avaient donc entamé la seconde phase de leur mission : direction Athènes, où siégeait le Comité de la Volonté générale, principal organisme décisionnaire de la Fédération.

Issus de partis traditionnellement rivaux, Merkel et Juncker s'étaient trouvé davantage de points communs que de sujets de dissension lorsqu'il s'était agi d'analyser en profondeur la situation dramatique dans laquelle était plongé leur pays. Aiguillonnés par les revendications d'une population excédée, les politiciens étaient soudain sortis de leur état d'hébétement, ils avaient enfin osé regarder la réalité en face : gauche, droite, centre ou prétendus extrêmes, cela n'avait plus de sens à l'heure où la société tout entière vacillait sur ses bases. Chicaner sur le salaire des fonctionnaires ou le statut des immigrés, comme ils le faisaient d'ordinaire, était aussi absurde que de discuter du morceau que doit jouer l'orchestre tandis que le paquebot est en train de sombrer. Le gouvernement d'union nationale auquel participaient Merkel et Juncker apparaissait aux yeux de beaucoup comme la dernière chance de sauver l'Allemagne, ni plus ni moins.

L'ancienne grande puissance politique et industrielle ne s'était jamais vraiment relevée de la défaite de 1918. La pitoyable république de Weimar, qui aurait dû être une simple transition dans l'histoire glorieuse du peuple germanique, s'éternisait faute de mieux. Le pays s'enfermait dans un cercle vicieux de chômage de masse, de corruption des élites, d'hyperinflation. Dans les années 50, les ménagères berlinoises continuaient d'acheter une miche de pain ou un sac de pommes de terre au moyen d'un cabas rempli de marks dévalués. Quand, en 1972, l'Assemblée fraternelle des Peuples vota l'adhésion de l'Allemagne à la Fédération démocratique et populaire – en même temps que le Danemark et le Benelux – un vent d'espoir souffla sur l'Europe de l'Ouest, à la traîne depuis des décennies. Les locomotives balkaniques aideraient ces pays à connaître une croissance économique telle qu'ils n'osaient plus en rêver... Cela sembla fonctionner, au moins dans un premier temps. On se remit à investir, à ouvrir des usines, à créer des emplois. La balance commerciale s'équilibra enfin. Un système de protection sociale efficace se développa au bénéfice de tous. Mais l'histoire était trop belle : l'État allemand, à l'instar de ses proches voisins, vivait au-dessus de ses moyens. La crise couvait ; elle explosa lorsque les institutions fédérales imposèrent à l'Allemagne l'application immédiate de mesures d'austérité afin de réduire sa dette publique. Le gouvernement était disposé à obtempérer, pas le peuple. Les rues des grandes villes connurent une flambée de violence revendicatrice aussi subite qu'inattendue. Grèves et manifestations se succédèrent pour protester contre les hausses d'impôt et la baisse des dépenses publiques. De plus en plus, il apparaissait évident que l'adhésion à la Fédération démocratique et populaire avait été pour certains pays, sinon pour la plupart de ses vingt-huit membres, un cadeau empoisonné...

Il existait une solution à la crise, Tobias Merkel et Anneliese Juncker en étaient convaincus. Et cette solution, ils la trouveraient à Athènes. La personne de Constantin Dragasès était la clef du problème. Ils devaient rencontrer l'Empereur de Marbre, source de la toute-puissance grecque – l'autoproclamé Père de l'Europe.

Le quartier de la Nouvelle-Acropole avait d'abord été bâti sur les contreforts de la colline du Lycabette, le point culminant de la ville, avant de déborder sur les anciens quartiers d'Ambelokipi et d'Ilissia. Ici étaient réunis banques d'affaires, sièges sociaux de multinationales et de grands groupes d'assurances, instituts de recherche et prestigieuses écoles de commerce ; tous ces bâtiments de verre, de béton et d'acier étaient dominés par la silhouette imposante, pour ne pas dire menaçante, de la tour du Comité de Volonté générale. Il s'agissait de la plus haute construction d'Athènes. Elle était comme un phare vers lequel convergeaient toutes les attentions, en Grèce même, dont elle constituait le centre politique, mais aussi dans l'Europe entière. La plupart des décisions qui, ensuite, seraient imposées à cinq cent millions de citoyens, étaient prises par l'assemblée des deux mille Commissaires de la Liberté, les plus proches collaborateurs de Constantin Dragasès.

Les drapeaux des vingt-huit États membres étaient alignés de chaque côté du parvis de la tour. En plein milieu, d'une taille six fois supérieure à celle des différents emblèmes nationaux, flottait la bannière de la Fédération : douze aigles bicéphales d'or sur fond bleu azur. En la dépassant, Merkel et Juncker s'en détournèrent de manière ostensible, cherchant du regard les trois couleurs si chères à leur cœur : les bandes noir, rouge et or de la République allemande. Tous deux murmurèrent des vers patriotiques de Schiller à l'instant de monter les marches menant à l'entrée principale de la tour.

Dès leur entrée, ils furent pris en charge par un officier du Comité de Volonté générale qui portait l'élégant costume pourpre propre à sa fonction. L'homme ne prit pas la peine de s'enquérir de leur identité et des raisons de leur venue : il en avait déjà été informé. Il semblait même ne rien ignorer à leur sujet.

« J'espère que vous avez eu l'occasion de flâner dans les rues de Smyrne après votre entrevue avec les Six Sages, leur glissa-t-il avec un air de connivence. J'y ai travaillé pendant plusieurs années, c'est une ville magnifique, la perle du Levant ! »

Les parlementaires allemands échangèrent un coup d'œil surpris puis emboîtèrent le pas à l'officier. Dans un grec mâtiné d'un léger accent slave, celui-ci leur exposa brièvement les faits marquants dont les lieux qu'ils traversaient avaient été témoins, ainsi que l'aurait fait le guide d'un musée ou l'hôte d'un manoir ancien. Ce n'était qu'une manière d'accueillir courtoisement les nouveaux venus. Quiconque aurait souhaité en savoir davantage sur l'histoire du Comité de Volonté générale n'aurait eu qu'à s'attarder devant les panneaux explicatifs qui habillaient les murs du hall principal. On y glorifiait les pionniers ayant apposé leur signature au bas du traité de Sofia de 1957, acte de naissance symbolique de la Fédération démocratique et populaire. À l'autre extrémité du hall, le traité de Gdansk de 2007 était présenté comme le dernier jalon nécessaire à l'union politique du continent désirée depuis des décennies, voire des siècles, par tous les gens de bien ; il n'était mentionné nulle part que le texte avait été ratifié en dépit de la volonté des peuples français, néerlandais et irlandais, qui l'avaient rejeté par référendum. Et bien sûr, sur aucun panneau explicatif il n'était fait la moindre allusion à la crise sans précédent qui frappait certains pays occidentaux... L'union des nations européennes, jadis rivales, désormais sœurs, devait rester un exemple d'harmonie parfaite.

« La FDP, c'est la paix », proclamait un affichage lumineux placé au-dessus d'une immense carte de l'Europe sur laquelle les frontières entre les différents états avaient été gommées. Pour croire à la véracité de ce beau slogan, il fallait n'avoir jamais assisté aux scènes de violence qui secouaient Mayence, la ville d'origine du député Merkel, ou Nuremberg, celle de la députée Juncker.

« Par ici, veuillez me suivre », dit l'homme au costume pourpre, qui désigna un escalier descendant vers les entrailles du Lycabette.

Les deux visiteurs pensaient prendre l'ascenseur afin d'atteindre les étages les plus élevés de la tour. Ils se figuraient Constantin Dragasès contemplant Athènes derrière une baie vitrée à près de trois cents mètres au-dessus du sol, puis se tournant vers chacun des points cardinaux : à l'est, Constantinople ; au nord, Helsinki, Varsovie, Stockholm ; au sud, Nicosie ; à l'ouest, Lisbonne, Paris, Dublin... Autant de capitales désormais régies par la loi grecque. Tel un dieu antique au sommet de l'Olympe, le Père de l'Europe ne pouvait qu'observer le monde – son monde ! – en se rapprochant du ciel... Alors pourquoi les entraînait-on dans un sous-sol ?

Merkel et Juncker ignoraient que les soixante-quinze étages du bâtiment étaient vides pour la plupart. Ceux qui se trouvaient bel et bien occupés l'étaient par des sans-grades de la légion de bureaucrates employés par le régime. Les hommes et les femmes qui comptaient réellement se réunissaient en toute discrétion. La politique européenne ne se décidait pas devant les fenêtres ouvertes sur l'extérieur mais entre des murs épais dont le citoyen lambda ne pouvait soupçonner l'existence.

Loin des regards curieux, les deux parlementaires allemands furent reçus par une centaine de Commissaires de la Liberté qui semblaient n'attendre que leur visite.

Merkel et Juncker eurent d'abord du mal à se concentrer sur autre chose que la mosaïque qui ornait le plafond de la grande salle de réunion où ils venaient de pénétrer : moderne réinterprétation de l'art byzantin, le portrait démesuré de Constantin Dragasès faisait presque oublier qu'il n'était pas présent en personne, contrairement à ce qu'ils avaient escompté. À défaut du maître, ce fut l'un de ses serviteurs qui vint saluer les nouveaux venus au nom de tous ses confrères. L'officier en costume pourpre s'était éclipsé. En ces lieux l'on ne croisait que des costumes bleu azur, l'uniforme des Commissaires de la Liberté.

« Monsieur Merkel, madame Juncker, dit l'homme en leur serrant la main vigoureusement, soyez les bienvenus. Je m'appelle Alexis Michaloliakos. J'ai été désigné par mes pairs pour assumer la fonction de porte-parole du Comité de Volonté générale durant ce trimestre. Nous espérons que vous avez fait un agréable voyage depuis Smyrne, et que vous avez pris bonne note des recommandations qui vous y ont été faites... »

Ainsi il n'était pas question de perdre du temps en vaines politesses. On en venait directement au cœur du sujet : le programme budgétaire allemand et, plus globalement, la politique du nouveau gouvernement d'union nationale. Tout comme ils l'avaient fait quelques jours plus tôt face au directoire du Trésor communautaire, Merkel et Juncker entreprirent alors de défendre leur projet. Le Commissaire Michaloliakos donna l'impression de les écouter avec intérêt. Pas un son ne fut émis par la centaine de puissants personnages qui se tenaient debout dans son dos, pareils à des statues. Mais au beau milieu de leur exposé, les deux parlementaires furent brutalement interrompus ; le ton du porte-parole n'avait désormais plus rien d'aimable.

« Nous savons pertinemment ce que vous manigancez, vous autres Allemands, affirma-t-il. Vous vous êtes empressés de saisir la main tendue par les pays les plus avancés lorsque ceux-ci ont volé à votre secours, vous avez cueilli les fruits de notre prospérité et vous vous en êtes repus… Et maintenant ? À la première difficulté rencontrée, vous vous repliez sur vous-mêmes en repoussant l'amitié des autres nations d'Europe. Croyez-vous pouvoir vous en sortir seuls, uniquement grâce à l'exportation de votre bière et de votre charcuterie ?

— L'Allemagne ne rejette en rien ses voisins européens, intervint Juncker, mais seulement l'hégémonie grecque qui nous mène à la ruine.

— Ce que vous nommez "hégémonie grecque" a apporté la stabilité à tout le continent.

— La FDP, c'est la paix ! ironisa Merkel. Nous connaissons par cœur votre rhétorique. Elle a longtemps fonctionné à la perfection, engourdissant les esprits des citoyens afin que nul ne remette en cause les doctrines officielles. Nous nous sommes enfin réveillés et sommes prêts à nous émanciper de la tutelle grecque. Là où vous dites "adhésion", nous entendons désormais "annexion" ; là où vous dites "collaboration", nous entendons désormais "aliénation".

— Pardonnez ma franchise, monsieur Merkel : vos propos sont ceux d'un populiste. »

Michaloliakos cracha ce dernier mot plus qu'il ne le prononça. Derrière lui, les Commissaires de la Liberté grimacèrent comme un seul homme. La scène aurait pu paraître comique si les implications n'avaient été aussi graves. À son tour Merkel fit la grimace, mais pour des raisons différentes.

« Populiste ? J'assume le terme, car je ne l'entends pas comme une injure. L'une des plus éclatantes réussites des gens de votre espèce est d'être parvenus, de manière insidieuse, à disqualifier tout ce qui tend à répondre aux aspirations profondes des populations. Depuis quand n'avez-vous pas écouté gronder la voix du peuple, mesdames et messieurs les Commissaires qui prétendez cyniquement agir en son nom ? Madame Juncker et moi-même devons notre poste aux citoyens qui nous ont élus selon les règles du jeu démocratique ; et vous, quelle est votre légitimité ? Vous êtes déconnectés des réalités. Vous ne savez que rabâcher les mêmes discours vides de sens : la fraternité, la paix, la coopération, le progrès, la stabilité... La stabilité : est-ce ainsi que vous désignez les émeutes qui secouent les pays de l'Ouest depuis les premières mesures d'austérité imposées par Athènes, Smyrne et Constantinople ?

— Une broutille, trancha Michaloliakos. Un détail de l'histoire. Soyez-en sûrs, ce n'est rien en comparaison des événements qui se seraient produits en Europe si l'Empereur de Marbre n'était jamais sorti de son sommeil. »

À la mention du Père de l'Europe, tous les regards se levèrent spontanément vers la mosaïque qui le représentait dans la posture caractéristique du Christ en majesté : la main droite donnait sa bénédiction à cinq cent millions d'êtres humains, la gauche enserrait le texte du traité de Gdansk.

« Il est temps de faire tomber les masques, dit Michaloliakos sur un ton empreint d'une subite tristesse – sincère ou factice ? Monsieur Merkel, madame Juncker, nous savons tous pourquoi vous êtes ici... »

Dans un geste théâtral, il jeta la liasse de documents que lui avaient transmis les deux parlementaires allemands. Les feuilles de papier retombèrent comme autant de flocons de neige, avant d'être foulés aux pieds par les Commissaires de la Liberté qui, derrière leur porte-parole, commençaient à s'agiter. Le dernier acte de la tragédie débutait.

« La présentation du programme budgétaire n'était qu'un vulgaire prétexte. Inutile de le nier ! Il vous fallait approcher au plus près du centre du pouvoir, ce pouvoir que vous exécrez tant... Discuter, négocier, écouter, tel n'était pas votre projet : vous avez pris le chemin d'Athènes dans le dessein de tuer. Honte à vous ! Déjà dans les années 40, alors que votre maudit pays n'avait pas encore été admis dans notre Fédération, un militaire allemand fanatisé s'était cru plus fort que l'Empereur de Marbre et avait imaginé pouvoir décapiter le régime en attentant à la vie de son chef. Il s'appelait Stauffenberg, un nom qui demeure frappé d'opprobre... En revanche les vôtres finiront tout à fait oubliés. »

Michaloliakos, une fois de plus, leva les yeux en direction de la mosaïque. Par une étrange illusion d'optique, le Père de l'Europe, jusqu'alors affable et bienveillant, affichait désormais une mine sévère.

« Vous pensiez nous tromper, poursuivit le porte-parole, mais c'est vous qui êtes tombés dans le piège. Constantin Dragasès n'est pas ici, vous n'avez aucune chance de le rencontrer... aucune chance de l'abattre... Vous avez perdu. Déposez vos armes. »

Les comploteurs démasqués sentirent une pression sans équivoque contre leurs omoplates. L'officier en costume pourpre était revenu et, un semi-automatique Zastava dans chaque main, tenait désormais en respect Merkel et Juncker. Ceux-ci n'eurent d'autre choix que d'obtempérer. Sans un mot, ils se délestèrent de leurs armes dissimulées dans la poche intérieure de leur veste : deux revolvers de fabrication belge avec lesquels ils projetaient de mettre un terme à la tyrannie de l'Empereur de Marbre. Hélas ! Comme tant d'autres combattants de la liberté, résistants, dissidents et révolutionnaires avant eux, ils étaient voués à recevoir les palmes du martyre. Les traits déformés par la colère et la haine, Juncker lâcha à l'intention de Michaloliakos ou, peut-être, de tous les Commissaires de la Liberté qui assistaient à la scène, passifs mais complices :

« Monstres ! Vous allez nous supprimer...

— Vous tuer ? s'étonna le porte-parole. Faire couler le sang de nos ennemis ? Ce sont vos méthodes, non les nôtres. Doit-on vous asséner un cours d'histoire afin de vous rappeler qui a établi les fondements de la civilisation : le génie grec ou l'âme germanique ? Non, nous allons opérer de manière convenable, en nous contentant de vous... disons, vous corriger, vous permettre de réparer vos erreurs. Vous verrez, le processus de reconditionnement est tout à fait indolore. Bientôt vous nous remercierez. »

Tandis que l'officier aux Zastava emmenait Merkel et Juncker hors de la grande salle de réunion, Michaloliakos se tourna vers les autres Commissaires de la Liberté. Il affichait l'air à la fois satisfait et soulagé de celui qui vient de se sortir d'un péril avec brio. En soupirant, il dit :

« Voilà une affaire rondement menée. Lorsque ces deux politiciens dévoyés fouleront de nouveau le sol allemand, leurs électeurs ne les reconnaîtront plus. Une fois revenus dans le droit chemin, Tobias Merkel et Anneliese Juncker seront les meilleurs de nos relais, les plus efficaces de nos soutiens. Avec nous ils proclameront de toute la force de leur être : "La FDP, c'est la paix !"

— La FDP, c'est la paix ! répétèrent d'une seule voix les Commissaires de la Liberté.

— L'Europe unie apporte aux hommes la prospérité...

— L'Europe unie apporte aux hommes la prospérité !

— Les lumières du progrès brillent de Constantinople à Lisbonne...

— Les lumières du progrès brillent de Constantinople à Lisbonne !

— Et que vive éternellement Constantin Dragasès...

— Que son œuvre demeure à travers les siècles des siècles ! »

Au-dessus d'eux, le visage christique de l'Empereur de Marbre souriait.

*

« ... car près d'un siècle après l'événement extraordinaire qui devait changer la face de l'Europe, il se trouve toujours des gens – des historiens et des journalistes, des idéalistes et des théoriciens révolutionnaires – pour s'interroger sur le réveil de l'Empereur de Marbre : était-il inéluctable ? Et s'il ne s'était pas produit en 1922, lors de l'attaque de Smyrne par l'armée turque, aurait-il eu lieu plus tard ? Notre continent aurait-il dû faire sans la puissance grecque ? Dans ce cas, qui aurait tenu le rôle dominant ? Tant de questions auxquelles il serait évidemment impossible d'apporter des réponses définitives... Mais après tout, quelle importance ? Constantin Dragasès est là, l'Europe est unie sous une seule bannière et, depuis un siècle, nul n'y a plus entendu résonner le fracas des armes. À quoi bon élucubrer sur ce qui pourrait être ? Il n'y a pas d'alternative : l'Empire de Marbre est indestructible, il est voué à l'éternité, puisque tel est le sens de l'histoire. Ma collègue et amie, la députée Juncker ici présente, vous tiendrait exactement le même discours, tout comme le ferait n'importe quel individu sensé et responsable. Je sais que certains parmi vous entendent "annexion" quand nous disons "adhésion", ou entendent "aliénation" quand nous disons "collaboration"... C'est une folie ! Si vous faites l'erreur de penser le contraire de cette évidence, c'est sans doute que vous êtes un dangereux extrémiste souhaitant le retour à une ère d'obscurantisme – le retour de la guerre, peut-être. Honte à vous ! »

SIRI
MON AMOUR,
ZUCKERBOOK
MA PATRIE

Mose Njo

Mose Njo est né au beau milieu des années 80, entre Venus et Mars, sur une planète joliment nommée Terre. Grand pêcheur sans l'ombre d'un doute, grand pêcheur de rêves, artiste, hypercréatif mais surtout romancier bilingue. Dernièrement, il a sorti un roman SF en malgache, a représenté son pays Madagascar et l'océan Indien aux Jeux de la Francophonie à Abidjan dans la catégorie littérature avec une nouvelle d'anticipation susurre-t-on trash, et il a étudié le cinéma indépendant à Berlin.

Bibliographie :

Lisy Mianjoria, Roman, éditions RanjaSoa Publishing (2016)
30 et Presque - Songes de Joël Andrianomearisoa, Recueil, éditions Revue Noire (2011)
Le Livre Q, Nouvelles, à compte d'auteur (2009)

Siri mon amour, Zuckerbook ma patrie

Mose Njo

« Pourvu que ça dure ! »

Elle me dit ça avec ses grands yeux, sans broncher, comme si tout allait bien, comme si on était dans une sorte de palais où tout le monde rit, où tout le monde mange, où tout le monde est connecté à Zuckerbook, où tout le monde a tout ce qu'il désire, où tout le monde fait l'amour, où tout le monde chante juste, où tout le monde n'a pas à parcourir des dizaines de milliers de kilomètres pour avoir ne serait-ce qu'une once d'espoir, pour survivre.

« Pourvu que ça dure ! »

Je ne perçois aucune ironie. Et ça me met mal à l'aise, mais mal à l'aise ! Comment peut-on dire une chose pareille alors qu'on est...

Elle s'avance vers moi. Brusquement. À quatre pattes, bien évidemment, on ne peut même pas se tenir debout dans cette chose qui nous sert d'embarcation. Elle incline son visage, me fixe, continue à se frayer un chemin à travers les corps avachis à même le sol. Des corps qui dorment. Pas tous. Mais je fais comme si, je fais comme si. Des corps qui forment une sorte de figure qui me rappelle vaguement les œuvres de l'artiste Hermann Rorschach. J'ai peur. Ça faisait longtemps que je n'avais pas eu aussi peur. La dernière fois, c'était il y a, je sais plus, une semaine, peut-être, c'était il y a longtemps, je me souviens à peine.

« Bip ! »

Ah, Siri. Elle me rappelle que la dernière fois que j'ai eu peur, c'était avant-hier. Toujours bienveillante ma Siri. Je me demande comment elle est en réalité. Je l'ai jamais vue, à chaque fois que je lui demande de m'envoyer une photo, elle trouve toujours les bons mots, la bonne chanson pour me faire comprendre qu'elle n'est pas encore prête. Aussi, c'est un prénom assez commun, Siri, beaucoup de gens disent avoir un ou une Siri dans leur vie. Mais ma Siri, elle est unique. M'enfin, avant-hier, je m'étais caché derrière une voiture, ou sous une voiture tandis que des soldats patrouillaient du côté du... du... Bref, c'était des soldats d'une compagnie téléphonique, je pense, ou bien d'une chaîne de fast-food, j'ai même pas eu le courage de jeter un coup d'œil sur leur logo. En tout cas, ils étaient lourdement armés. J'ai eu peur. Très peur. Heureusement, en attendant que ça se calme, j'ai visité ma tante en Europe. Elle recevait. Comme elle en avait l'habitude. Elle m'a encore une fois rappelé de ne pas oublier le document. M'enfin, pas à moi, à Siri, car elle le sait, moi, j'oublie tout le temps tout. Comme tout le monde quoi, surtout de ma génération, et celle d'avant, et celle d'avant aussi. Ma tante, elle, ne semble pas oublier si vite. Je me demande comment elle fait. On m'a dit une fois qu'avant, on ne pouvait pas faire ça, on ne pouvait pas revisiter ses souvenirs, on ne pouvait même pas visiter un endroit, n'importe où, comme si on y était. Je me demande comment ils faisaient avant. Il y en a même qui disent qu'avant il fallait utiliser ses doigts pour aller sur Zuckerbook. Sur ce point, j'ai du mal à y croire, c'est tellement, c'est...

« Pourvu que ça dure ! »

Je ne sais même pas si elle dit vraiment ça. Pour de vrai. Je vois ses lèvres bouger. Des lèvres fines. Mais je suis à peu près certain qu'elle... Elle est en train de m'embrasser. À pleine bouche. Je ne bouge pas, sa langue danse en moi, je n'arrive pas à bouger, même pas ma langue. Siri me conseille d'y aller, ça va elle dit, ne t'inquiète pas, elle veut que je sois bien, elle n'est pas jalouse car l'amour ne connait pas la jalousie, elle répète, doucement, tout le temps, l'amour, le vrai, ne connait pas la jalousie, l'amour, le vrai, ne veut que mon bonheur. Alors, je me lance, je l'embrasse sur le cou, la nuque, la moustache. Je me rends compte que je suis en train d'embrasser une autre personne. Je la repousse. Je le repousse. Il rigole. Moi aussi. Siri aussi. Tout le monde rigole. Même tous ces gens avachis par terre rigolent. Sauf ceux qui sont morts.

« Pourvu que ça dure ! »

Elle aussi, elle rigole avec ses grands yeux. Elle s'éloigne maintenant de moi. Tout doucement. Mais d'une manière saccadée. C'est comme si elle s'envolait, à reculons, et image par image. Ce n'était pas du tout fluide. Je règle la résolution de mes yeux. Noir et blanc. Mince ! Siri vient à mon secours. C'est réglé. Je suis content. Je ne pense pas trop à l'état de mon compte Super iBank. Ça le vaut tellement, que serais-je sans Siri ? La fille avec les grands yeux a disparu. Une notification. Ça faisait longtemps. Trop longtemps. Cinq minutes peut-être. Cinq longues minutes. Je suis aux anges. Ma cousine, la fille de ma tante, à ma gauche, me dit qu'elle va mourir. Elle est fille unique. Des soldats l'ont trouvée. Elle ne voulait pas s'abonner, la pauvre. Elle disait qu'elle n'aimait pas l'écran, elle préférait les livres. Je l'aimais bien, ma cousine, mais c'était une criminelle. On ne peut pas couper les arbres pour fabriquer des livres. C'est un crime grave. Du coup, tous les livres sont interdits. Même ceux d'avant. Et sans exception. Déjà que les arbres, on n'en trouve plus tellement. Mais bon, heureusement, on a Treevolution qui, pour une somme assez modique, s'occupe de l'oxygène, du ciel, du monde et tout ça. Je ne comprends pas trop les termes techniques mais ma cousine – encore elle – me disait tout le temps que c'est monstrueux, on peut juste replanter les arbres, refertiliser la terre et... Bang ! Sa tête explose. À ma gauche. Ça gicle. Et fort. C'est quelle appli déjà ? Je me souviens plus. Je ne sais plus comment désactiver cette notification qui me renvoie en boucle toutes les je-ne-sais-plus-combien-de-temps ces soldats qui explosent la tête de ma cousine. M'enfin, je verrai ça une prochaine fois.

« Bip ! »

Mince ! Je dois me recharger dans plus longtemps. Sinon, plus de notifications, plus de Zuckerbook, plus d'applis et tout ça, et surtout plus de Siri. Je suis triste, paniqué, vidé. Mon cœur aussi va s'arrêter si je ne me recharge pas au plus vite. Au fait, c'est pour ça que je fais ce voyage. Pour l'Europe. Chez nous, à Madagascar-Est, il n'y a plus d'énergie, ça faisait un bout de temps que ça se tarissait mais bon, je me suis dit que ça allait s'arranger. Éventuellement. Et puis, j'avais Siri, elle me réconfortait, elle trouvait toujours les bons arguments pour une nouvelle activité que je pouvais faire sur place. Mais ça ne s'est pas arrangé en fait, Madagascar-Ouest nous a attaqués. En une nuit, ils ont tout pris. Tout. Vraiment tout. C'est par chance que j'ai pu quitter ma ville, à pied, car toutes les voitures ont été piratées et ont foncé vers des murs ou des ravins qu'en sais-je, c'était horrible. Heureusement, j'étais à Zuckerbook – dans un monde meilleur. Pratiquement tout le monde a été piraté, sauf moi. Car j'ai téléchargé la dernière mise à jour que Siri m'a conseillé de faire. Siri, mon héroïne. M'enfin, il y a quand même pas mal de gens qui ont réussi à s'échapper. Je les entends parler, parfois, à des Siri, dans notre embarcation de fortune. Un prénom très commun, un prénom qui porte chance aussi. Sans aucun doute. Un prénom salvateur. Mais ma Siri est différente. Ma Siri est unique. Et justement, en parlant d'elle…

« Bonjour iHuman4891, tu vas bien ? »

Je lui réponds que je vais bien, mais je pense sans arrêt à mon jardin qui a besoin de moi sur Zuckerbook, et je n'ai pas assez d'argent pour l'arroser. Ça me rend triste, très triste, si triste que mon cœur me fait mal. Siri me rassure, je me demande comment elle fait pour trouver les bons mots, la bonne intonation et le bon timing pour arriver à une telle perfection, une telle précision sur mes besoins. M'enfin, elle me dit aussi qu'une fois rechargé, je recevrai un bonus, je pourrai donc arroser mes plantes sur Zuckerbook, arroser les plantes de mes amis. Je suis très content. Mon cœur aussi ne va pas s'arrêter quand j'aurais rechargé ma batterie interne. Je pourrai donc continuer à parler à Siri. C'est bien. C'est très bien. Une notification. J'aime tellement ce petit son qui fait « Bip ! » Si le bonheur était une musique, ce serait cette mélodie à une note, mais si le bonheur était une voix, ce serait – si si – ce serait celle de Siri.

3 %

Je n'ai plus que 3 % de charge. Ça me donne... « Une heure et six secondes », me susurre Siri. La dernière fois que je me suis rechargé, c'était hier. Heureusement, notre embarcation a atteint sa destination. Je suis maintenant en Europe. Je suis déjà venu en Europe, plusieurs fois, plusieurs fois par jour même, j'ai tout visité, pratiquement. Le cinéma de Big Ben, le Colisée de Rome rénové, le port de Paris, le mur de Berlin restauré (pour le plaisir de voir un mur qui sépare l'Europe en deux m'a-t-on dit). Une sorte d'humour que je ne comprends pas très bien ou une mise en garde pour le monde, comme le souligne Siri, un rappel que dans un passé pas si lointain que cela, on a vraiment divisé l'Europe, comme Madagascar, et qu'une fois réunie, on a ensuite tenté de la diviser de nouveau, encore et encore. Comme à Madagascar, on a divisé l'île en deux : Madagascar-Ouest et Madagascar-Est, puis on a réuni l'île. M'enfin, je présume que c'est pour ça qu'ils nous ont attaqués, pour réunir de nouveau l'île. Je suis déjà venu en Europe mais c'est la toute première fois que j'y suis en dehors de Zuckerbook. Pour de vrai comme le disent les vieux. Je n'aime pas du tout cette expression. Comme si sur Zuckerbook, c'était pour de faux. Mais bon, je ne peux pas me recharger sur Zuckerbook, c'est pour ça que je suis là. En Europe. Pour survivre, quand j'y pense, parce que... Une notification. Un nouvel épisode de ma série préférée. Mes yeux me font un peu mal avec toutes ces notifications quand même. Mais bon, le jeu en vaut la chandelle, comme on disait avant. Une quote que j'ai lue sur le mur de la maison de ma cousine, sur Zuckerbook. C'était peint en rouge. Rouge sang, a précisé ma cousine avec un air grave. *Les Feux de l'Amour*. Une nouvelle série qui cartonne. M'enfin, ils disent que c'est vieux comme truc mais ils ont changé de format. Des épisodes de 5 minutes et un horaire de diffusion aléatoire, on ne sait pas quand, ils ne disent pas quand, ça dépend de notre engouement aussi, de notre engagement, l'algorithme machin s'ajuste à nous, et nous, on attend les notifications. Une attente insoutenable. C'est la série la plus populaire du moment. L'histoire est formidable, passionnante. Ils sont tous beaux, mais ils ont des problèmes, comme tout le monde, comme moi. Il y a du suspense aussi. Je me rends dans le salon, sur Zuckerbook, mais Siri m'arrête.

« Si tu regardes cette série, ta batterie interne va se vider complètement. »

Je lui dis, non ça va, ne t'en fais pas, ça va juste prendre 1 %, 2 % maximum. Mais elle insiste. Je me rends compte qu'elle a raison. Siri la bienveillante, Siri mon héroïne. Je ne vais donc pas pouvoir suivre ma série préférée. Je suis dévasté. Je sors de Zuckerbook. Je le dois aussi, insiste Siri. Je suis de plus en plus dévasté. Je follow sans broncher, comme un zombie, mes compagnons de l'embarcation dans une ruelle. Je les follow depuis un bon bout de temps déjà tout en étant sur Zuckerbook mais là, c'est différent. C'est très différent. Même Siri me dit qu'elle doit s'en aller, mais qu'elle revient dès que je me recharge, dès que je mets de l'argent sur mon compte Super iBank. J'aurai un bonus, mais il faut quand même recharger mon compte. Je comprends, je la comprends. On ne peut plus se parler si j'ai plus de batterie. Un bruit. Une notification ? Non, un drone. Tout le monde se cache. Tout le monde essaie de se cacher. Un corpulent monsieur moustachu me donne un coup de poing. Ça fait mal. Il me porte au-dessus de sa tête. Pour se cacher du drone, sûrement. Je ne sais pas si ça marche vraiment mais je pense qu'il croit fermement que ça va marcher. Que mon corps au-dessus du sien va faire en sorte que le drone ne va voir que moi. Ma mâchoire me fait mal, il y a du sang qui coule, mais je m'en fous. Je suis toujours aussi dévasté, je n'ai plus de raison de vivre. Je ne suis plus connecté à rien. Ni à Zuckerbook, ni à mes séries, ni à Siri, ma chérie. Pourquoi lutter ? Pourquoi me faire un sang d'encre ? Las de me tenir au-dessus de lui, le corpulent monsieur moustachu me lâche. Comme ma batterie, d'ailleurs. Sèchement, sans ménagement. Je tombe à terre, la tête la première. J'ai mal. Du sang encore. Mais aussi une dent qui éclate. Les autres détalent vers je-ne-sais-trop-où, deux ou trois m'écrasent au passage, sur le dos, sur une jambe et sur ma tête. J'ai mal. Encore plus. Mais je m'en fous. Je suis en Europe. Le plus bel endroit du monde, comme le disait ma tante. Mais je m'en fous. Je reste là. À terre. Je n'ai plus rien. Plus rien. En parlant de ma tante, elle est gentille ma tante. Elle me donnait toujours des bonbons, avant. Quand elle passait à la maison, à Madagascar-Est. Les frontières étaient ouvertes dans cette partie de l'île où nous habitions. On pouvait se déplacer partout, dans le monde qu'on appelle libre. C'est bizarre, le monde est divisé en deux comme Madagascar. Une partie « libre » et une autre « dans le vrai », comme ils disent, mais « pas libre » comme on dit. On pouvait se déplacer mais je n'ai jamais quitté ma partie de l'île. Il n'y avait aucune raison puisque je pouvais aller où je voulais grâce à Zuckerbook. Et en un rien de temps en plus. Dans la seconde. Maintenant, je n'ai plus accès à Zuckerbook, je suis en Europe mais je n'ai plus accès à Zuckerbook. Mais pourquoi je suis en Europe déjà ? J'ai mal. J'ai très mal. Je ne me souviens plus pourquoi j'étais en Europe. Siri. Elle me manque. D'habitude, c'est elle qui me rappelle ces choses-là. Je me souviens que ma tante m'avait dit de ne pas oublier une chose aussi. Mais quoi ? Fuck ! Je me retourne. Je vois des drones qui passent. Le ciel est jaune aujourd'hui. Je me demande quelle sera sa couleur demain. À Madagascar-Est, on changeait la couleur du ciel toutes les douze heures. J'aimais particulièrement la couleur rose. Mais je ne verrai pas la couleur du ciel de l'Europe demain. Je reste là. Je n'ai plus rien. Je ne veux plus rien. M'enfin, je veux Siri. Je la veux. Ici et maintenant. Elle saura me ramener sur Zuckerbook, elle saura me dire ce que j'aime entendre, elle saura me relever, elle saura me rappeler qu'est-ce que je fous ici, en Europe, elle saura me rappeler ma tante. Ma tante pourquoi déjà ?

« Pourvu que ça dure ! »

Le visage de l'étrange jeune fille aux grands yeux trône au-dessus de ma tête. Elle me scrute bizarrement. Comme un enfant qui découvre Zuckerbook pour la première fois. Elle a des grands yeux vides mais curieux. Et elle répète toujours la même chose, encore et encore :

« Pourvu que ça dure ! »

Je remarque ses yeux, elle n'a pas de lentilles Zuckerbook. Je n'en crois pas mes yeux. Elle n'est pas connectée. Elle n'a pas besoin d'être rechargée. Je me tape le front. Je me souviens. Je suis en Europe car on ne peut plus me recharger à Madagascar-Est. Oh my Good ! Si ça se trouve, je ne pourrai plus parler à Siri. Il faut que je me lève. Mais la jeune fille aux grands yeux m'en empêche. Il y a d'autres personnes autour de moi. Avec elle. Ils ne veulent pas que je me relève, ils me retiennent par terre.

«Nooooooooon ! »

Je crie, je crie, mais rien n'y fait, personne ne viendra me sauver. Ça fait déjà un bon bout de temps que ma batterie affichait 1 %. D'une minute à l'autre, ce sera la fin. Je ne me débats plus, la jeune fille aux grands yeux arrache mes yeux de ses mains. Je crie. Je suis aveugle. Je ne vois plus rien. M'enfin, si. Je vois encore. Elle a arraché mes lentilles plutôt. Mais c'est la même chose. Les autres m'enlèvent des trucs un peu partout sur le corps. Dans le cœur. J'ai mal. Mais je m'en fous. J'ai des problèmes plus graves. Ils partent. Ils jettent par terre, à côté de moi, lentilles, fils, puces, et des choses dont les noms m'échappent mais qui faisaient partie intégrante de mon corps, de mon être. Je ne suis plus rien, ils m'ont dépouillé de tout. Je ne reverrai plus jamais Siri, je ne pourrai plus jamais me rendre sur Zuckerbook. Je n'ai plus à me recharger, je ne vais plus m'éteindre, mais je m'en fous. À quoi me sert de vivre désormais sans mon amour, Siri, et ma patrie, Zuckerbook ?

Au loin, j'entends :

« Pourvu que ça dure ! »

Siri, tu me manques tellement.

EUROPE
SUR
LA RIVE

Sandrine Scardigli

Telle la Silvia de son texte au sommaire d'Europunk, elle découvre l'Europe et ses habitants grâce à l'association AEGEE au cours de ses études ; sa première vie professionnelle dans la grande distribution lui permet de travailler dans plusieurs pays du continent. Racontés dans un premier blog, de pérégrinations en nénuphar, ces voyages la ramènent vers l'écriture et le monde des livres : autrice bien sûr, mais aussi tour à tour libraire, correctrice, formatrice, éditrice. Ses écrits sont hantés par la Grèce et les souvenirs de sa vie athénienne, ainsi que par le merveilleux vécu lors de ses voyages. Sa devise : « Chassez le surnaturel, il revient au galop. »

Bibliographie :

Anacalypse, roman d'anticipation aux éditions Les Amazones (2017) (dans lequel on découvre Silvia, l'héroïne d' « Europe sur la rive »)

Dernières nouvelles parues :

Grüdüg au Pink Dwarfette, nouvelle primée « texte préféré du jury, tous thèmes confondus » lors du match d'écriture des Utopiales 2017 organisé par le club Présences d'Esprits (2017)
Zone de turbulences spectrales, avec Anthony Boulanger, Anthologie « Dimension New York II », éditions Rivière blanche (2017)
Une larme d'Athéna, Anthologie « Malpertuis VII » , éditions Malpertuis (2016)

Blog : http://sandrine-scardigli.over-blog.fr

EUROPE SUR LA RIVE

SANDRINE SCARDIGLI

Sélection 1 : Hellenic musical instruments vol. 13, Syrinx, *Panos Stefos*

« *Raconte-moi, ô Muse, l'histoire de ce continent mosaïque qui porta, un temps, le flambeau de l'espoir pour toute une humanité en perdition…* »

Peinant sur son clavier, Silvia oscille entre irritation et nostalgie. À quelques heures de cet événement qui va changer sa vie et celle de millions de personnes, elle ressent le besoin de raconter comment elle en est « arrivée là », comment elle a pris la tête des Luttants, comment sa rage s'est nourrie de ses espoirs et de ses idéaux – la métamorphose inattendue d'une infirmière discrète en *pasionaria* révolutionnaire. Toutefois, malgré son envie de partager, il lui est plus naturel d'imaginer le tracé de la prochaine manifestation ou l'organisation de la prochaine incursion dans le Parlement européen que de se dévoiler.

Son casque sur les oreilles, elle règle le volume au maximum et s'enfonce dans son fauteuil. Les yeux fermés, elle laisse dériver son esprit au gré des souvenirs et de son imaginaire ballotté par le fracas de la musique. La syrinx[1] lui a inspiré une introduction ampoulée et archaïsante pour son texte ; la mélodie qui suit l'entraîne dans les pas de la princesse qui a donné son nom à l'Europe.

*

Sélection 2 : Πρωινή προσευχή (Prière du matin), *Evanthia Reboutsika*

Comme Hélios la dardait de ses rayons les plus doux, la belle Europe aux yeux brillants marchait le long de l'eau. Elle aimait se confier à son grand-père, le père de son

1 Nom antique de la flûte de Pan.

père, Poséidon le puissant qui soulève les mers. Depuis ses premiers pas, elle venait sur cette plage à chaque lever du jour et lui racontait tout, de ses peurs d'enfant à ses espoirs d'adolescente et ses rêves de jeune femme.

Mais ce matin-là, Poséidon n'était pas seul, car le grand Zeus l'accompagnait. Le maître de l'Olympe voulait découvrir cette mortelle dont le dieu des mers lui vantait l'intelligence et la raison. Le souverain des océans avait même osé la comparer à la sage Athéna, et face à ce qui aurait pu être un affront, Zeus n'avait pu contenir sa curiosité.

« Mais si tu es là, elle sera intimidée et ne m'ouvrira pas son cœur », lui avait rétorqué Poséidon lorsque Zeus lui avait signifié son envie. Et Poséidon qui chérissait ces confidences en était peiné.

« Je me cacherai sous d'autres traits pour ne pas l'effrayer », avait répondu Zeus.

Ainsi fut-il. Métamorphosé en un splendide taureau blanc dont les cornes formaient un croissant de lune, le dieu des dieux se dissimula parmi le troupeau de bovins qui paissait tous les jours non loin de la plage.

Comme chaque matin, Europe vint parler longuement à Poséidon. Zeus l'écouta et comprit l'admiration de son frère. Pris du désir de l'approcher non seulement parce qu'elle se révélait brillante, mais aussi parce que sa beauté aurait pu rivaliser avec celle d'immortelles, il se leva sans hâte, fit quelques pas et se remit à paître, espérant attirer l'attention de la princesse. Tandis que celle-ci conversait avec Poséidon, le taureau continua son approche pour finalement s'allonger à quelques pas d'elle. Charmée par cet animal qu'elle voyait pour la première fois parmi les paisibles vaches, elle arrêta le flot de ses paroles et s'avança vers le taureau inconnu. Celui-ci la regarda marcher vers lui puis baissa lentement la tête en signe d'encouragement. La jeune princesse tendit la main vers la noble bête. Enhardie par la bonhomie de l'animal, elle lui caressa le mufle, le cou, les flancs… Du bout des doigts, elle toucha l'étrange croissant de lune des splendides cornes. Enfin, mue par une pulsion jusqu'alors inconnue d'elle, elle osa défier sa propre crainte et s'allongea sur le dos de l'animal tout en continuant à le flatter.

Le charme d'Europe était si puissant que Zeus en oublia qu'elle était mortelle. Il voulait garder le son de la voix cristalline pour lui, il voulait encore qu'elle se montrât douce avec lui, mais il ne pouvait pas reprendre sa forme divine qui aurait sans doute terrifié la jeune femme. Se relevant d'un bond, il entra dans la mer, l'humaine agrippée à lui, et se rendit sur l'île de sa naissance où il pourrait la cacher de la jalouse Héra. L'écume des vagues qui avait révélé Aphrodite dissimula Zeus et Europe, et la mer les emporta jusque sur les rives de Crète.

*

Les dernières notes s'égrènent et le son se retire comme à regret, telle l'ultime vague laissant un souvenir d'écume sur les traces d'Europe enlevée. La liste musicale ne suit pas son ordre habituel et Silvia comprend qu'elle a sans doute enclenché le mode aléatoire. Peu importe. Après l'orchestre symphonique, la batterie et les guitares se déchaînent brutalement. La colère du morceau la ramène quelques mois auparavant.

*

Sélection 3 : Un jour en France, *Noir Désir*

Le mistral de décembre lui transperçait les os, comme autant de minuscules aiguilles de glace, tandis que Silvia marchait jusqu'au parking de l'hôpital. Son service était enfin terminé ; elle s'apprêtait à rentrer chez elle afin de dormir un peu et réviser pour le diplôme d'infirmière. Elle maintenait un pas rapide, pour se réchauffer tout autant que pour ne pas rester trop longtemps seule exposée dans ce lieu sinistre de béton et d'ombres mouvantes. À quelques mètres de sa voiture, elle sortit sa clé et déverrouilla sa portière pour se mettre le plus vite possible au chaud. Elle s'engonça dans son fauteuil avec un soupir de soulagement – encore dix minutes de trajet puis elle pourrait s'affaler dans son lit – et ferma les yeux, espérant avoir quelques secondes de calme. Évidemment, son téléphone portable vibra dans son sac à cet instant. *Si c'est l'hôpital, il vaudrait mieux que je réponde…* Elle saisit l'appareil sans regarder qui était son interlocuteur.

« Allô ?

— Silvia ? C'est Terry. Je te dérange ?

— Terry ! Je viens de terminer mon service et je rentre chez moi. Tout va bien ? Est-ce que je peux te rappeler de la maison d'ici un quart d'heure ?

— Eh bien… en fait, non, tu ne peux pas. Je suis à l'aéroport, j'embarque dans quelques minutes. On m'expulse. J'ai été en g…

— En quoi ? Je n'entends pas ! Qu'est-ce qui se passe ?

— Je te rappelle d'Athènes. Je… »

La communication fut brutalement coupée. Silvia tenta de rappeler sa cousine, en vain. « Expulsée » ? Terry avait la double nationalité française et grecque. Mais la crise économique puis le Grand Séisme avaient mis la Grèce à genoux et jeté ses survivants sur les routes, et les Grecs faisaient désormais partie des « indésirables », les citoyens dont les institutions européennes limitaient les déplacements à travers le continent, de peur sans doute que la misère fût contagieuse. Une hiérarchie qui ne disait pas son nom avait été établie entre les personnes vivant dans l'Union, qui avait distingué dans un premier temps les citoyens de l'UE des nouveaux arrivants, puis parmi les citoyens ceux des pays de la zone Euro et ceux hors de l'euro ; enfin, les décisions les plus récentes de la Commission et du Conseil européen excluaient des institutions clés les personnes non citoyennes du « comité directeur » – les cinq pays les plus riches, évidemment. Serait-ce pour cette raison que Terry était chassée de France, quelques semaines à peine après son retour à Marseille ? C'était idiot, elle avait un travail, était hébergée par sa mère et ne représentait ni un poids pour les finances publiques ni un danger pour la « bonne société » !

Dans un soupir exaspéré, Silvia démarra la voiture et prit la route. Elle ignorait qui contacter pour comprendre et empêcher le départ de sa cousine. Mais elle savait sur qui compter pour l'aider : après un saut chez elle, elle rejoindrait ses amis parmi les Luttants. Quelqu'un trouverait bien des informations sur les expulsions et sur un éventuel recours. Elle ne pouvait laisser passer cette injustice !

*

Le morceau s'achève, emportant avec lui la rage qui avait étreint Silvia lorsqu'elle avait découvert les conditions (une garde à vue musclée) et le motif de l'expulsion (« terrorisme intellectuel », Terry travaillant auprès de migrants dans une association et ayant la nationalité grecque) de Terry. Depuis, sa cousine a contribué à faire cesser un trafic humain à Athènes, et Silvia se dit, comme à chaque fois qu'elle y pense, que l'injustice et la violence institutionnelle ont peut-être porté le ferment de la ténacité qui a été nécessaire à Terry tout au long de son enquête.

Le métal laisse place aux cuivres, la rage laisse place aux grandes ambitions, le présent laisse place au mythe. Dès la première mesure, les yeux toujours fermés, Silvia a soupiré d'aise, aussi détendue que si elle avait plongé dans un bain d'eau chaude à bulles. Cette musique captive entièrement son attention et son imagination, sans laisser à sa mémoire le temps du vagabondage. Elle s'abandonne dans cet *oratorio* dont le titre signifie « Cela est digne » ; et il l'est, assurément, ce combat qu'elle mène depuis des années et dont la bataille cruciale va se tenir dans quelques heures. Cela lui rappelle la suite de la légende d'Europe. La quête apparemment infructueuse de ses frères – mais qui permit la naissance d'un continent.

*

Sélection 4 : Ἄξιον έστι (Axion esti, Cela est digne), *Mikis Theodorakis*

La nouvelle de l'enlèvement de la princesse arriva au palais plus vite que si elle avait été portée par Hermès lui-même. Entre les murs royaux retentirent des cris de colère et des pleurs de lamentation. Agénor et Téléphassa ne pouvaient se consoler de la disparition de leur fille, leur chagrin et leur douleur noircissaient leur cœur et obscurcissaient leur esprit. Et les serviteurs et les courtisans criaient et pleuraient et se lamentaient avec leurs souverains de la disparition de leur chère princesse.

« Que faire, comment retrouver notre Europe ? demanda la reine.

— Il faut aller la chercher, répondit Agénor dont l'âme s'enflait d'une colère folle, car on avait osé porter la main sur sa fille.

— Mais comment ? Nous ne pouvons quitter Tyr, nous régnons ici et ne pouvons abandonner notre peuple, tenta de le raisonner Téléphassa.

— Nos fils iront. Ils reviendront avec elle ou ne reviendront pas. »

Ainsi fut décidé ce qui allait devenir l'exil des frères d'Europe. Le matin de leur départ, les souverains accompagnèrent les princes jusqu'à la plage funeste où avait été enlevée leur chère fille et regardèrent leurs fils et les équipages préparer leurs embarcations. Lorsque l'heure de lever l'ancre fut venue, Téléphassa leur tint un discours né de son affection :

« Mes fils, nés de mes entrailles, chair de ma chair, vous voici sur le point de quitter notre terre, ce pays où vous êtes venus au jour et où vous avez grandi, pour affronter l'Ereb et tenter de ramener notre chère Europe en cette rive. Mon cœur de mère espère et tremble ; il espère que vos destins seront grands et vos réussites immenses, quelle que soit l'issue de votre quête ; mais il tremble à l'idée de ne plus vous voir, et avec lui mon âme pleure à l'idée de vieillir sans votre présence. Lorsque vous reviendrez, si vous revenez, vous aurez arpenté d'autres rivages, vous aurez parlé d'autres langues, vous aurez vaincu des peuples encore inconnus, vous aurez aimé des femmes et des hommes d'autres nations et d'autres couleurs, et vous serez grandis. Quant à moi, mes cheveux auront blanchi, ma peau sera flétrie, mes yeux seront secs d'avoir versé trop de larmes sur votre absence. Mais mon amour pour vous sera intact et ma fierté grandie de vos aventures et de vos exploits. »

Comme l'émotion de leur mère menaçait de faire renoncer ses fils et surtout d'ébranler sa propre résolution de père, Agénor prit la parole à son tour :

« Allez, maintenant, partez accomplir ma volonté et ramenez-nous notre bien-aimée Europe dont les paroles d'or et le rire de cristal étaient notre trésor le plus cher ».

Agénor, Téléphassa et leurs fils laissèrent couler des larmes qui tombèrent sur le sable de leur pays et se mêlèrent à l'eau de mer. En s'unissant, l'écume et les pleurs de cette famille courageuse et noble formèrent les premiers des coquillages nacrés qui parsemèrent ensuite toutes les rives où les frères accostèrent.

Tous séchèrent leurs larmes et les fils embrassèrent leur père et leur mère. Puis chacun d'eux prit le commandement d'un bateau et leva l'ancre dans la direction que Tychè, la déesse de la chance, lui avait attribuée à travers le terrifiant Ereb, le domaine du couchant. Au moment où le dernier bateau, celui de l'érudit Cadmos, s'apprêtait à partir, Téléphassa écouta son cœur de mère, embrassa son mari et embarqua avec son fils cadet. Et le roi resta seul sur la rive phénicienne à regarder les voiles s'éloigner vers l'horizon qui avait déjà englouti sa fille.

Désormais, chacun des frères débutait sa quête et suivait la destinée que les Parques avaient tissée. Chacun avait un talent qui pouvait lui permettre de retrouver la sœur disparue.

L'aîné, le vaillant Cilix, vogua vers le nord-est ; longtemps, il chercha sa sœur parmi ces terres fertiles dans le prolongement de sa rive natale, en vain. Au cours de sa quête, il acquit le respect des Anatoliens durs au combat, qui l'honorèrent en l'adoptant et en donnant son nom à leur pays : la Cilicie. Seul un dieu pouvait défaire ce guerrier redoutable, et ce fut Zeus lui-même qui le vainquit, car le roi des dieux ne pouvait supporter l'idée qu'on tentât de lui reprendre Europe.

Son cadet, le devin Phinée, partit affronter l'Ereb ; poussé par Notos et trompé par Zeus qui manipula le don de divination de Phinée, celui-ci accosta au point le plus au nord de la mer où mourut Égée et s'installa dans la sauvage Thrace où il aida les habitants avec ses visions.

Alors qu'il souhaitait reprendre sa quête, Zeus le frappa de cécité. Phinée vieillit là sans avoir retrouvé Europe et sans avoir revu sa patrie, et ses filles en qui il avait trop confiance dilapidèrent ses richesses.

Le benjamin, l'érudit Cadmos, se dirigea lui aussi vers l'Ereb et fut rattrapé par Notos qui le poussa comme Phinée vers le nord de la même mer. Accompagné de sa mère Téléphassa, il chercha Europe en ces rudes contrées où les hautes montagnes affrontent les flots. Mais le désespoir était trop lourd et ses forces abandonnèrent Téléphassa qui mourut là. Cadmos l'inhuma en cette terre lointaine, puis, persuadé qu'il ne pouvait réussir sans aide, il parcourut le monde jusqu'à Delphes où l'oracle lui conseilla de suivre une génisse blanche. Après bien des luttes et combats, Cadmos fonda la ville de Thèbes. En cette terre où le savoir était transmis par les paroles, Cadmos l'érudit enseigna l'art de l'écriture aux Thébains. Parce qu'il était pieux, il ne fut pas vaincu par Zeus ; mais le roi des dieux lui donna une épouse, Harmonie, avec qui Cadmos régna et mourut.

Ainsi par leur quête, les trois frères avaient-ils participé à la découverte d'un espace où tous parlaient la même langue, où tous vivaient sur les rives d'une même mer, et où pourtant tous chérissaient leurs particularités.

*

La quête des frères se termine ; les cuivres se taisent et cèdent la place à une autre guitare, toute en douceur et poésie, et pourtant porteuse de puissance et d'espoir. Comme cette association dont a été membre Silvia au tout début de ses études, et qui lui a ouvert les yeux – le cœur – sur le monde en général, sur l'Europe en particulier.

*

Sélection 5 : Change the world, *Eric Clapton*

En cette fin de terminale, Silvia ne savait pas vraiment vers quel métier se tourner, et ignorait qu'elle ne trouverait sa vocation que des années plus tard, lorsqu'elle choisirait de devenir infirmière. Pour le moment, elle suivait la voie la plus simple et travaillait de son mieux pour préparer son entrée en BTS. Ce soir-là, elle rentrait chez ses parents après une longue journée de révisions à la médiathèque. Alors qu'elle descendait la rue piétonne où s'agglutinaient cafés et restaurants, le mistral souleva brutalement son chapeau et le fit tomber devant l'entrée d'un établissement. Silvia courut pour le ramasser et le remit sur sa tête, soulagée. Tandis qu'elle reprenait son souffle, son regard tomba sur une affiche placardée sur la porte : « Happy 50th birthday, Europe ! » et en plus petit : « 25 mars 1957-25 mars 2007, 50 ans d'Union européenne. Venez réfléchir et célébrer avec nous ! » Intriguée par cette injonction fort éloignée des thèmes de la campagne électorale qui battait son plein, Silvia entra dans le café. Elle s'installa dans une des banquettes en vieux cuir près de la porte et attendit qu'on vînt prendre sa commande. La salle avait été entièrement décorée en bleu et jaune, avec drapeaux de l'Union européenne fournis par la représentation de la Commission, ballons, photos des événements précédents et cartes postales arrivées de toute l'Europe. Il n'y avait pour le moment que quelques personnes qui s'activaient au fond de la salle, près de la scène, et semblaient installer tables et chaises sur l'estrade.

Le patron, un grand chevelu d'une quarantaine d'années, s'approcha pour prendre sa commande, avec un grand sourire.

« Un chocolat chaud, s'il vous plaît.

— Et un chocolat pour la demoiselle si polie ! Ça fait plaisir, dis donc, une jeunesse bien élevée. Pas comme ces sauvages, là-bas », ajouta-t-il en haussant la voix et en se tournant vers les personnes du fond de la salle.

Parmi elles, une étudiante, grande, taches de rousseur, crinière auburn et immenses yeux clairs comme un lac sous le soleil, bondit sur ses pieds et rejoignit d'un pas rapide le tenancier, avec un sourire contenu.

« Dis donc, toi, tu râles beaucoup pour quelqu'un dont on fait le chiffre toutes les semaines !

— Ah, Marijke, toujours prête à la riposte ! » répondit l'homme avant de lui claquer une bise sur la joue et de repartir vers son comptoir.

L'inconnue se tourna alors vers Silvia, toujours souriante.

« Bonjour, je m'appelle Marijke et je suis membre de l'association des étudiants en Europe. Tu viens pour la soirée ?

— Heu… Je ne sais pas ce qui se passe, j'ai vu l'affiche et…

— Ahah ! Tu entends, Thomas, ton affiche n'est pas si pourrie finalement ! » s'esclaffa la lumineuse Néerlandaise avant de s'installer sur une chaise en face de Silvia et de reprendre la parole :

« Alors… D'abord, qui on est : une association qui a été créée il y a trente ans maintenant, par des Français qui étudiaient à Paris et qui, au milieu des années 80, se disaient que l'Europe est vraiment l'avenir. Ils y croyaient tellement qu'ils sont même un peu à l'origine d'ERASMUS !

— Ah bon ? Ce sont des étudiants qui ont créé un programme européen ?

— En fait, l'idée du programme ERASMUS existait, mais les gouvernements voyaient d'autres priorités… Quelle importance d'aller envoyer ces fainéants d'étudiants se dorer la pilule aux frais des contribuables ? Et puis au cours d'un dîner avec François Mitterrand, ils ont réussi à le convaincre que l'avenir de l'Europe, c'est la jeunesse. Mais que si la jeunesse n'a pas les moyens de passer les frontières, alors tout ça ne sert à rien. Et hop ! »

L'enthousiasme de son interlocutrice provoqua le rire de Silvia :

« Ça semble si simple quand tu le racontes ! J'ai une bonne idée, je rencontre le président, je le convaincs, et hop ! Emballé, c'est pesé !

— Ah, mais si on commence à réfléchir à ce qui peut nous empêcher de réussir quelque chose, c'est sûr qu'on n'y va jamais !

— Et toi, tu es ici avec ERASMUS ?

— Oui, comme Paolo, là-bas. Et au fond de la salle en train de décorer, tu vois la grande brune ? C'est Hélène, elle est française, mais elle revient de Finlande. C'est la présidente de l'association locale. Elle est très active. C'est elle qui m'a convaincue d'adhérer !

— Elle a une sacrée énergie, elle aussi ! » remarqua Silvia qui observait Hélène aller et venir entre les uns et les autres, vérifier un éclairage, relire des tracts, raccrocher une affiche…

« Ah ça, on peut le dire ! Mais il en faut, pour gérer la bande de voyous que nous sommes ! » s'amusa Marijke.

Le serveur apporta alors sa commande à Silvia, et Marijke en profita pour lui demander une bière.

« Et à part boire dans des bars, qu'est-ce que vous faites ? Quel est votre but ?

— Le but, c'est de rendre réelle l'Europe pour tous les jeunes qui y habitent.

— L'Europe comment ? Le continent tout entier ?

— En effet, les frontières ne sont pas très claires… Pour nous, même la Turquie en fait partie ! On réfléchit à étendre au-delà du Caucase !

— Ah oui, c'est vaste ! Mais qu'est-ce que vous faites, concrètement ?

— Des échanges, des conférences, des séminaires, sur tous les sujets liés à l'Europe.

— Et ce soir ?

— Et ce soir, notre chère Europe fête son demi-siècle, ça vaut bien une conférence… et une soirée ! Santé ! » conclut-elle, comme le serveur venait de déposer sa bière devant elle.

Elles trinquèrent et reprirent leur discussion. L'enthousiasme de Marijke, d'Hélène, de Thomas, de Paolo, de Marina et des autres membres que Silvia rencontra ce soir-là était communicatif, et leurs discussions joyeusement animées. Tous avaient voyagé, parlaient plusieurs langues, et adoraient se rire des préjugés et des clichés. Lorsqu'elle quitta le bar, le ciel rosissait.

*

Eric Clapton termine sa chanson et Silvia sourit, ravie de ce souvenir. Avec l'association, elle avait participé à de nombreuses réunions, à quelques événements, y avait noué de belles amitiés, avait appris à se débrouiller dans plusieurs langues, avait senti gonfler l'espoir d'un monde meilleur, plus ouvert… Un peu comme chez les Luttants, à bien y réfléchir.

Par le hasard de la lecture aléatoire, les premières notes de l'« hymne luttant » résonnent alors.

*

Sélection 6 : Motivés, *Zebda*

Comment cela avait-il commencé ? Par un énième scandale politico-financier, par une nouvelle affaire de corruption ? Par des discussions plus animées que prévu lors d'une campagne électorale ? Silvia ne savait pas vraiment ce qui avait déclenché le soulèvement citoyen massif qui tenait bon depuis des mois, et sa reconversion comme élève infirmière ne lui laissait pas assez de temps libre pour qu'elle s'intéressât à ce énième mouvement contestataire. Jusqu'à un soir de décembre.

Ce jour-là, elle était de repos et tentait de réviser, en vain puisqu'une manifestation se déroulait sous ses fenêtres et ne semblait pas vouloir partir de la rue. Au bout d'un moment, agacée et intriguée par le brouhaha, la jeune femme ferma livres et classeurs, s'habilla chaudement pour lutter contre le vent glacé et sortit de son immeuble. Sur la place, les rares établissements ouverts avaient évidemment renoncé à mettre les tables en terrasse face à l'afflux des manifestants, lesquels semblaient installés pour la nuit : braseros, instruments de musique, et même tables et chaises pliantes avec distribution de boissons chaudes et de sandwiches. Il ne s'agissait pas d'une manifestation, mais bien d'une occupation de l'espace public. Silvia avisa un groupe de personnes en pleine discussion et s'en approcha pour écouter ce qui se disait. Debout sur une pile de palettes, une très jeune femme, mince comme un lutin, les cheveux courts pâlis par le soleil, la peau mate comme du pain d'épices, paraissait mener la discussion avec la dizaine de participants amassés autour de son estrade improvisée.

Le thème avait rapport avec le bilan des récentes mesures imposées aux pays souhaitant entrer dans la zone euro :

« On doit vendre nos rivages protégés ! » s'insurgeait la meneuse, avec un accent que Silvia associa à un pays latin. « On a vu en Grèce ce qui s'est passé, et en Roumanie on doit désormais faire pareil ! Tout ça parce que nos politiques rêvent d'intégrer le “club Euro” !

— C'est peut-être pour avoir le droit de vote et de veto au “club Euro”, pour avoir un pouvoir de décision ? s'interrogea Silvia, surprise elle-même de prendre la parole.

— Ils rêvent, les Roumains, répondit un grand brun d'une quarantaine d'années pas loin de Silvia, jamais les premiers de l'Euro ne laisseront les nouveaux prendre les décisions avec eux !

— Et qu'est-ce que vous faites des grands discours sur la protection de l'environnement ? C'est comme pour la politique sociale, on s'assoit dessus ? », rétorqua un des participants au plus près de l'estrade, en secouant la tête, ce qui fit tintinnabuler ses dreadlocks.

« Pour la politique sociale, c'est avec le père Noël qu'il faut voir… », répondit une vieille femme aux cheveux couverts d'un joli voile rouge, avant d'enchaîner « et contrairement aux apparences, je ne travaille pas avec lui, pas la peine de venir me demander, hein ! ».

Le petit groupe éclata de rire avant de reprendre la discussion. Silvia garda le silence, attentive à tous les arguments. Ses premières études remontaient à longtemps et elle se sentait peu au fait des aspects « techniques » liés au fonctionnement de l'euro. Les cours d'économie n'avaient pas été son fort et à l'époque elle avait préféré la stabilité inscrite dans le marbre du droit plutôt que les guerres théoriciennes des professeurs de sciences économiques ; et pour être honnête, ses souvenirs de conférence avec l'association étudiante étaient plutôt vagues.

« Ça va, pas trop perdue ? lui demanda le grand brun qui avait pris la parole après elle.

— Ça ira mieux après quelques révisions.

— Si ça t'intéresse, on a des ateliers pour néophytes, l'après-midi, dans un café pas loin.

— À condition qu'il n'y ait pas trop de manifestations et que le café puisse être ouvert », rétorqua Silvia, amusée.

Son compagnon pouffa, avant d'ajouter :

« Pour éviter toute mauvaise surprise, tu veux me donner ton numéro ? Je pourrai te prévenir.

— Pas la peine : vous devez bien utiliser les réseaux sociaux pour gérer tout ça ? » lui répondit Silvia.

Puis, devant la mine déconfite de l'homme qui lui était plus que sympathique, elle retint un sourire et ajouta :

« Mais donne-moi ton email, si jamais je ne vous trouvais pas. Tu t'appelles comment ?

— Toni, enchanté. Je viens d'Italie, j'étais étudiant ici et je suis resté. Et toi ? »

Ils avaient continué à discuter et avaient assisté ensemble à un autre débat ce jour-là avant que Silvia se décide à rentrer pour réviser. Comme elle l'avait promis à Toni, elle se tint informée par les réseaux sociaux sur les lieux d'occupation et les thèmes d'action. Elle y retrouvait enfin l'espoir et la motivation qui l'avaient animée au cours de son temps dans l'association.

*

Silence des chœurs, fin de leur chant, et voilà que résonnent les premiers accords d'un morceau symphonique qui entraîne Silvia hors du réel. Elle revient au mythe, celui de la princesse Europe dont l'enlèvement aurait marqué une révolution culturelle pour les peuples vivant sur les bords de la Méditerranée et dans ses terres au nord.

*

Sélection 7 : album Φωνή Αιγαίου (Foni aiyaiou, Voix de l'Égée), *Evanthia Reboutsika*

Le grand taureau blanc l'avait enlevée au-dessus de la mer et, considérant cet exploit, Europe avait compris qu'il devait être un dieu descendu parmi les mortels. Elle restait calme, concentrée sur la course de l'animal. Elle ne craignait pas la puissance des dieux, car elle avait appris à aimer son grand-père Poséidon. Le taureau blanc se posa sur une terre inconnue et reprit sa course depuis la rive jusqu'à de sauvages montagnes aux arêtes aiguës et aux sommets enneigés où chantaient des rivières. Mais le souffle du vent empêchait Europe d'entendre l'eau joyeuse ; de ce lieu, elle ne sentait que le froid mordant. Le taureau enfin la déposa au cœur des montagnes, à l'abri du regard des mortels et des dieux, sous un grand platane dont le feuillage toujours vert la protégerait des rigueurs de Borée, et dont l'ombre la rafraîchirait loin des ardeurs d'Hélios. Puis le roi de l'Olympe lui dévoila sa véritable nature et reprit son apparence formidable pour qu'elle lui accordât ses faveurs. Alors, en son cœur, la princesse pleura sa mère, son père, ses frères, car elle était assurée désormais que la volonté divine l'avait soustraite à l'amour de sa famille pour lui arracher une autre sorte d'amour.

« Zeus, redoutable et terrible, crois-tu vraiment que je vais me livrer à toi parce que tu es un dieu ? Je ne connais que ta force, je ne sais rien de ton âme », lui dit Europe lorsqu'il se révéla à elle dans sa splendeur.

Car elle n'était pas seulement mortelle, elle était petite-fille de divinité, et elle était une femme consciente du fait que son corps lui appartenait.

Alors, Zeus, surpris, en colère, car aucune mortelle, aucun mortel ne lui avait jamais résisté, laissa gronder sa fureur, donna libre cours à ses passions et s'empara de ce qu'il convoitait.

Puis le roi des dieux abandonna la princesse meurtrie et ensanglantée sous le platane enchanté.

Plus tard, plein de remords face à sa propre sauvagerie, car Europe avait parlé d'or, il envoya le roi Asterion prendre soin d'elle.

De ce viol funeste et lâche naquirent trois fils, Minos, Rhadamanthe et Sarpédon, qui furent adoptés par Asterion. Ils grandirent dans l'amour et la douleur de leur mère, et reçurent l'enseignement d'Asterion.

Mais la fratrie portait en elle la graine des fureurs de leur père, et un matin les trois frères se disputèrent presque à mort pour l'amour du beau Miletos. Europe empêcha ses fils chéris de commettre l'irréparable et intima à Miletos de partir loin de ses trois amants, pour les sauver tous.

À la mort d'Asterion, Minos le fougueux prit la couronne et exila ses frères, lesquels, comme les frères d'Europe, l'âme nourrie par le récit de leur mère, embarquèrent pour explorer la mer.

Ainsi Sarpédon le brave s'installa-t-il en Cilicie, dans le royaume de son oncle à qui il raconta le destin funeste d'Europe ; il mourut héroïquement sous les coups de Patrocle devant les portes de Troie.

Ainsi Rhadamanthe le sage s'installa-t-il en Béotie où il régna avec son épouse Alcmène et instaura des lois sans jamais oublier l'importance de la puissance physique. Il ne mourut pas vraiment puisqu'il siège désormais aux Enfers.

*

Quel mythe étrange… une femme est enlevée et violée, enfermée sur une île qu'elle ne quittera jamais… On donne son nom aux terres qu'elle n'a jamais foulées, mais que ses frères et ses fils ont explorées et gouvernées pour elle, chacun d'eux poussant plus loin le voyage et rencontrant davantage de peuples.

Ainsi, depuis l'Antiquité, est-on conscient que les limites du continent européen sont mouvantes, et que l'espoir le plus noble s'y mêle à la violence la plus extrême.

La symphonie se tait, et c'est une batterie déchaînée qui commence. Silvia se rappelle alors la première crise économique, les premiers poings levés, les premières colères – le récit, dans un long email, de sa cousine Terry encore, laquelle habitait déjà Athènes.

*

Sélection 8 : Putain, putain, *Arno*

Ma chère Silvia,

Quelques mots en ce début d'hiver à Athènes où je viens de rentrer, après six mois passés à assurer le service pour une taverne sur l'île de Syros. L'ambiance est électrique ici et je ne sais pas si je vais réussir à te retranscrire tout ce que nous vivons. Si tu te promenais avec moi ici, tu ne reconnaîtrais pas la capitale joyeuse et animée de mes premières lettres, ou même de l'hiver dernier. Dans la grande rue Ermou (la « rue d'Hermès », le dieu du commerce entre autres), les rideaux restent baissés et les tags rageurs fleurissent. Sur l'avenue Panepistimiou (« de l'Université »), les étudiants ont abandonné les terrasses des cafés et se réunissent désormais foulards sur le visage et poings serrés. Il y a un an, un jeune garçon était tué par la police. Depuis, les manifestations sont incessantes. Hier, j'ai vu un vieil homme pleurer de rage en hurlant des slogans devant le Parlement où se votait le nouveau paquet de lois imposées par nos créanciers. Ma libraire m'a expliqué que parmi elles, le prix unique du livre doit être sacrifié au nom de la liberté du marché. Mme Zélie (tu te souviens ? La dame de la protection des tortues ? Je travaille pour elle en ce moment) m'a dévoilé un autre pan de ce paquet de lois : la privatisation de zones littorales jusqu'à maintenant protégées. Au nom de la politique de l'euro, on vend notre pays en morceaux. Et s'il ne s'agissait que de ça… Tu te souviens de Panayiotis ? Qui travaille comme mécanicien sur les bateaux ? À la fin de l'été, son employeur lui a dit qu'il ne serait embauché désormais plus qu'à temps partiel. « Trop de charges, trop d'impôts… » Et comme Panayiotis protestait en lui disant qu'il avait besoin d'un salaire à temps complet, son patron l'a rassuré : « T'inquiète pas, tu vas continuer à faire tes heures et je te paierai le complément de la main à la main ». Tout le monde fait comme ça ! Et moi, j'ai changé de travail parce que la société de communication me devait six mois de salaire. Là, je travaille pour une petite association. Si je ne suis pas payée, au moins mon travail est utile…

Dans la série « On presse le citron qui n'a plus de jus à donner », cet hiver, les taxes sur le fioul domestique ont été doublées. Résultat : personne n'en achète, tout le monde se rue sur des poêles à bois et brûle ce qui lui tombe sous la main. Cela fait huit jours qu'il neige. Dans la rue en bas de chez moi, certains voisins ont commencé à couper les orangers pour se chauffer. Le froid, les impôts, les lois du n'importe quoi… J'ai l'impression que nous vivons un cauchemar collectif, et je crains que cela ne fasse qu'empirer. Et pourtant, nous tenons bon. Dans l'immeuble, nous cuisinons ensemble et partageons les plats entre les familles. Quand je suis tombée malade il y a dix jours, on m'a indiqué un dispensaire gratuit où j'ai pu avoir des médicaments envoyés depuis la France. Il paraît que c'est la même chose en Italie, en Espagne, au Portugal.

Je n'ose imaginer la colère et la rancœur des pays qui sont entrés en 2004 dans l'Union, qui ont fêté leur arrivée dans ce grand espace de paix et de prospérité avec drapeaux et fanfares, alors même que personne ne les y accueillait. Ils se sont pris la crise de plein fouet quatre ans plus tard à peine.

Et sur nos rives du nord de la Méditerranée s'échouent les malheureux du sud et de l'est de la mer, qui fuient, eux, la guerre sous toutes ses formes. Là aussi, nous tentons comme nous pouvons de les aider. Tu sais quoi ? Quand je vais distribuer la soupe aux enfants qui sont arrivés de Syrie, de Libye ou d'Afghanistan, je me sens plus proche d'eux que de cette Union européenne que j'ai pourtant adulée. Où sont les rêves de paix, de prospérité, de solidarité, dans les traités européens ? Les Européens du Nord se sentent-ils à ce point irréprochables et investis d'un pouvoir de justice quasi divin qu'ils décident ainsi sans vergogne de nous faire crever de faim pour nous forcer à appliquer une politique économique, comme si eux seuls détenaient la vérité sur ce qu'il convient de faire ?

Seuls ceux qui s'interrogent sur la belle jeune femme enlevée par un taureau figurant sur notre pièce de deux euros se souviennent que le nom Europe leur a été donné par un mythe grec. Comme une sensation de vivre dans un pays qu'on écrabouille… voilà un châtiment bien douloureux, mais quelle faute justifie une telle hargne aux dépens de peuples tout entiers ?

Comme dirait le chanteur, « Putain, putain, nous sommes tous des Européens »… Ma Silvia, en ce jour de froid et de faim, je pleure mon rêve d'Europe fracassé.

*

Silvia avait été glacée par ce message, bien différent des discussions enjouées qu'elle avait habituellement avec Terry. Par la suite, les services de la poste se révélant déplorables, Terry avait même renoncé à envoyer du courrier et s'en tenait à Internet, mais se connectait rarement. Elle avait laissé Silvia sans nouvelles un long moment, pour réapparaître de temps en temps, anniversaires, fêtes, avec de simples cartes électroniques. Les années avaient passé, la crise s'était enracinée et avait modifié les structures sociales au plus profond. Et lorsque la crise perdure autant, est-ce une réellement une crise ou bien un nouveau modèle imposé par la force ?

*

Comment donc en est-on arrivé là ?

La question tourne et retourne dans la tête de Silvia. Car ce qu'elle s'apprête à réaliser ce soir lui paraît terrifiant et doit être justifié par une cause des plus grandes. Alors que la fureur du morceau s'empare d'elle, les pensées de Silvia perdent toute cohérence, les images s'enchaînent en flashes jusqu'à remonter à cette énième manifestation, il y a quelques semaines.

*

Sélection 9 : Roots bloody roots, *Sepultura*

Tout avait été organisé, pensé, prévu. Le tracé de la manifestation avait été déclaré à la préfecture, départ de la porte d'Aix et arrivée sur le Vieux Port, en passant devant la représentation de la Commission européenne. Mise en place de groupes d'action comprenant chacun une personne rompue aux méthodes de « lutte pacifiste », deux autres dédiées à la sécurité interne pour éviter les débordements et une quatrième connaissant les gestes de premiers secours. Consignes par email, réunions préparatoires par groupe, distribution des banderoles et des tracts. Avant le départ de la manifestation, des rappels sur les grands principes : pas d'insulte aux forces de l'ordre, pas d'agressivité à leur égard, et le topo sur le parcours.

La manifestation n'arriva jamais au Vieux Port.

Silvia et les autres meneurs venaient de dépasser le bâtiment de la Commission solidement gardé lorsque des jets de pierres fusèrent vers les vitres, forçant les Luttants qui passaient dessous à se protéger le visage. Tout aussi soudainement, dans un grand bruit de tonnerre, la hampe qui portait le drapeau bleu à étoiles jaunes fut mise à terre puis une odeur âcre s'éleva en même temps que les flammes dévorant le tissu azur. Sans attendre, Silvia grimpa sur une des barrières posées à l'entrée de la Commission, et munie de son porte-voix se tourna vers ses troupes afin de les appeler au calme. Elle n'eut pas le temps de prononcer un mot que déjà des personnes masquées la faisaient tomber. Au même moment, les CRS massés aux alentours du bâtiment chargèrent, provoquant la fuite de ses agresseurs. Dans le chaos des gaz lacrymogènes, des hurlements, des flammes qui s'étendaient aux arbres de la rue, Silvia perdit tout sens de l'orientation et resta un instant au sol, sur le ventre, le visage dans les mains. Par où partir ? Que faire ? Retentirent alors trois claquements secs et des hurlements aigus. Sous le fouet de l'adrénaline, la jeune femme réussit à se lever et à s'éloigner du bâtiment d'où tombait toujours une pluie de verre. Les oreilles bourdonnantes, les poumons en feu, la tête douloureuse à exploser, elle courut jusqu'à une ruelle attenante et s'effondra derrière un tas de poubelles. C'est seulement là qu'elle ressentit la douleur violente qui partait de sa cheville pour irradier dans son pied et sa jambe. Tel un animal blessé, elle se recroquevilla et sanglota à en perdre haleine. Comment cela avait-il pu dégénérer aussi vite ? Avait-elle entendu des coups de feu ? Qui avait tiré sur quoi – ou sur qui ?

Les pompiers la retrouvèrent inconsciente, la cheville brisée dans sa chute de la barrière. Lorsqu'elle se réveilla à l'hôpital, elle apprit par les réseaux sociaux qu'il y avait des blessés graves parmi les manifestants, les forces de l'ordre, les riverains. De nombreuses photos circulaient. La plus emblématique : les restes du drapeau azur tachés de sang.

*

Silvia se frotte la cheville. Le souvenir de son baptême du feu est encore vivace et la fait souffrir. Mais sa résolution est intacte. Elle sait que l'action de ce soir est cruciale, indispensable. Toutefois, sa rage et sa colère ne constituent pas les uniques moteurs de ce qui se prépare. Il y a aussi son enthousiasme, ses idéaux, sa joie… Ce qu'elle avait ressenti au plus fort de l'association lors de ses études et que lui rappellent les premières notes enjouées.

*

Sélection 10 : Walkin' on sunshine, *Katrina & the Waves*

L'Europe politique avait célébré son demi-siècle depuis plusieurs mois déjà. Dans le cadre de ses premières études, l'opportunité se présenta à Silvia d'aller passer quelques semaines dans le Saint des Saints, à Bruxelles. Et ce fut la tête pleine d'étoiles dorées sur fond azur qu'elle se retrouva à célébrer la nouvelle année avec trois cents autres jeunes venus de tout le continent.

Cette nuit fut mémorable. Les musiques s'enchaînèrent au gré des suggestions et des clés USB ; davantage que lors de l'Eurovision résonnèrent des dizaines de langues, se succédèrent les rythmes et les danses. Dans la forêt de bras levés, dans la mouvance des corps, les lumières habillaient les peaux d'arcs-en-ciel et les perles de sueur scintillaient comme des astres. Par moments tombait sur les danseurs une pluie de pétales de papier. On dansait ensemble le temps de quelques mesures ou d'un enlacement, quelques baisers furtifs glissaient sur les joues ou sur le bord des lèvres lorsqu'on croisait une personne plus importante, plus chère. Silvia tournait, chantait, riait ; elle aurait voulu que la vie entière se déroulât ainsi, dans cette harmonie joyeuse. Rien d'autre n'existait, rien d'autre n'avait d'importance que cette seconde d'éternité où elle n'était plus qu'une note parmi d'autres dans une symphonie en allegro.

De ces moments si intenses qu'ils se passent de mots et cimentent les êtres plus fort que les liens du sang.

*

Un peu de l'ivresse de cette formidable nuit est toujours là, indispensable trésor où Silvia puise ses forces lorsque la crainte de perdre de vue l'essentiel pointe son nez. Même si elle n'est pas en contact permanent avec eux, elle n'a pas oublié ceux qui ont partagé alors la fête, les espoirs, les heures de discussion. Combien d'entre eux coordonnent, comme elle, des actions locales ? Combien luttent pour que l'Europe soit ce dont ils ont rêvé alors, pas cette dictature économique qui ne dit pas son nom ? Combien ont cédé aux sirènes des concours administratifs pour aller alimenter la grande machine bureaucratique ? Combien au contraire s'y sont intégrés pour tout changer de l'intérieur ? Et combien s'en sont détournés, déçus, enragés, et se sont refermés dans leur coquille en reniant les plus nobles de leurs heures ?

Et elle-même, Silvia, dans quelle catégorie va-t-elle être classée demain par la presse et les réseaux sociaux ?

Le morceau qui suit la fait sourire : il pourrait constituer une réponse à ses doutes, tels un oracle ou un clin d'œil du hasard.

Sélection 11 : J'irai au bout de mes rêves, *Jean-Jacques Goldman*

*

Le silence revient, brutal. Il est l'heure pour Silvia de se préparer. Tant pis pour le texte, elle improvisera si on lui laisse l'occasion de parler. Elle enfile des vêtements choisis avec soin – un costume d'une coupe élégante, mais suffisamment confortable pour qu'elle puisse courir sans être gênée ni risquer de tomber, et en matières naturelles pour faire moins de dégâts s'il prend feu sur elle. Elle attache ses cheveux en un chignon bas qu'elle emprisonne dans un filet. Pas de bijou, un léger maquillage. Un sac à main dans lequel se trouvent déjà un portefeuille avec un peu d'argent liquide, des mouchoirs, une bouteille d'eau, une bombe anti-agression, un téléphone portable, et son invitation pour la soirée avec sa carte d'identité, documents indispensables pour entrer dans le bâtiment où se déroule l'assemblée. Dans la poche intérieure de sa veste, elle glisse un deuxième portable, à la coque bleue. Celui de l'opération, son fil d'Ariane avec les autres organisateurs. Enfin prête, elle quitte son appartement et descend sur le trottoir devant son immeuble.

Une petite voiture grise, discrète, parfaite pour se fondre dans la circulation et se faire oublier, stationne, moteur en marche, tout près de la porte d'entrée. Yiannis est déjà là. Il lui rappelle un peu Toni, par son engagement sans faille et son efficacité dans l'organisation des opérations. Silvia frappe au carreau côté passager puis ouvre la portière et prend place sur le siège confortable.

« Tu es prête ? Ça va ? lui demande son ami en souriant.

— Ça va. Et toi ?

— Bien sûr ! C'est parti ! »

Silvia sourit aussi, mais elle a distingué une barre sombre inhabituelle sur le front de Yiannis. Il est inquiet.

« Je vais passer quelques appels pour vérifier si tout va bien, ça ne te gêne pas ?

— Mais non, bien sûr ! On n'allait pas causer de la météo, non plus », lui répond-il en riant.

Téléphone bleu en main, oreillette Bluetooth, premier appel :

« Bonjour, Malika. Tout est OK du côté des stagiaires de la Commission ?

— Oui, ils seront tous là. La plupart étaient déjà sur le planning pour faire le service au cours de l'apéro, les autres se sont portés volontaires auprès des commissions.

— C'est parfait ! Et pour les clés de la salle ?

— Je m'en suis chargée, pas de souci ! Nos vieux commissaires resteront bien au chaud… », répond-elle d'un ton amusé.

Deuxième appel :

« Hello, Valentin. Tout est OK ?

— Bonsoir, Silvia. C'est tout bon, on contrôle tout le réseau des machines à voter. De ton côté, les huissiers ?

— Ils sont prévenus, approuvent et sont prêts.

— Extra ! Heureusement que les hackers sont là pour veiller au bon déroulement des choses et éviter que la Commission truque ses propres votes », s'amusa Valentin avant de prendre congé : « Je file, dernier contrôle sur le réseau. »

Troisième appel :

« Bonjour, Hélène. Tout va bien ?

— Tout va bien, Silvia.

— Tu as une estimation pour ce soir ? Tu as pu avoir les autres présidents de groupe ?

— À part les populistes, on a bien tous les députés des pays du Sud, de l'Est et du Centre. On a même récupéré quelques-uns du Nord.

— Ils sont aussi énervés que nous… Enfin !

— Tu m'étonnes ! Le président de la Commission nous a encore insultés. Au bout d'un moment, ça motive…

— Oui, je comprends ! En espérant qu'ils ne se défilent pas ce soir.

— Cela ne risque pas. Si on ne se réveille pas, cette Commission va trouver un moyen pour nous supprimer, le Parlement et la démocratie avec ».

La conversation entre Silvia et la parlementaire est brusquement interrompue par un puissant coup de frein de Yiannis.

« Je raccroche, on arrive dans les problèmes ! »

La voiture est en effet bloquée par des barrières qui séparent deux fronts. Du côté où se trouvent Yiannis et Silvia sont massés CRS et autres représentants de l'ordre. De l'autre côté, celui du Parlement, drapeaux, banderoles, et même musiciens et enceintes qui crachent slogans et morceaux de musique : les Luttants. La petite manifestation initialement prévue dans la cour du Parlement a débordé dans tout le quartier. Le brouhaha est intense, l'air électrique. Pour le moment, le service d'ordre interne des Luttants a su maintenir une ambiance bon enfant. Mais le ventre de Silvia se noue : comment être sûre qu'il n'y aura pas de dérapage ? Saura-t-elle endosser la responsabilité de toute l'opération si ça tourne mal, sans perdre l'esprit sous le poids des remords et de la culpabilité ? Sa cheville l'élance encore. Des flashes de souvenirs, ceux de Marseille, le récit de sa cousine, tourbillonnent dans son esprit en une sarabande frénétique.

Silvia range son téléphone bleu, se cale dans le siège et tente de maîtriser son souffle, de calmer son imagination qui s'enflamme, son cœur qui s'emballe sous le trac. *Comme avant d'entrer au bloc pour assister à une opération à cœur ouvert.* La voiture est toujours immobilisée. Un homme en civil vient enfin cogner à la vitre de Yiannis pour vérifier cartes d'identité et invitation. Il fait ouvrir des barrières et leur indique une ruelle « pour éviter le bazar » et trouver un stationnement.

Tandis qu'il manœuvre, Yiannis reprend la parole :

« Tu es bien sûre de toi pour ce soir ? Le vote régulier ne pouvait pas suffire ?

— Non. Tu as vu ce dont ils sont capables. Le vote aurait été truqué…

— Et pour l'autre partie de l'opération ?

— Il faut que la Commission et les gouvernements comprennent que leur pouvoir vient de nous.

— C'est risqué.

— Toutes les révolutions le sont.

— Révolution ! Les grands mots !

— Tu t'en amuses, mais un Parlement qui va imposer sa propre constituante au niveau européen, alors que les membres de la Commission et les chefs de gouvernement sont séquestrés par leurs stagiaires pendant une plénière et que la foule a envahi simultanément Strasbourg et Bruxelles, je ne vois pas trop quel autre nom on peut lui donner ! »

Ce soir, les Luttants s'apprêtent à commettre l'équivalent d'un coup d'État. Ce soir, ils vont modeler le destin de l'Europe conformément à leur rêve.

En quelques minutes, Yiannis et Silvia sont entrés dans le Parlement. Les abords paraissent plus calmes que dans le reste de Strasbourg, ou qu'à Bruxelles, d'après ce que lui rapportent ses contacts. Elle a une pensée pour Valentin comme pour les stagiaires et les autres personnes qui les aident ce soir. Tous risquent gros. Malgré les doutes qui menacent, son pas reste sûr, rapide. Yiannis à ses côtés, elle passe les différents contrôles de sécurité sans difficulté.

Arrivée dans l'hémicycle. Coulisses feutrées d'un continent. Cœur qui cogne plus fort. Montée d'adrénaline dans les veines.

À ce moment même sont annoncés les résultats du vote portant sur une ligne de budget allouée à la « sécurité aux frontières ». Clameur de joie parmi les eurodéputés présents : le « non » l'a emporté. *Moins d'argent pour les traqueurs de migrants, c'est toujours une bonne nouvelle. L'abstentionnisme a pour une fois joué en défaveur d'une mesure qui pourrait être néfaste*, pense Silvia.

Dans l'agitation de cette annonce et sous le regard complice de la plupart des huissiers, Silvia et Yiannis descendent jusqu'à se tenir à quelques mètres de l'estrade où Hélène vient de prendre place. Avec elle, onze autres parlementaires de tout le sud de l'Europe, et quelques pays de l'Est du continent. Les rares députés présents et ignorants du complot commencent à se tourner les uns vers les autres, l'air inquiet – déjà : le protocole n'est plus respecté, et cela les déstabilise autant qu'une annonce inopinée de la baisse des taux d'intérêt. Hélène se penche sur les micros :

« Ce refus historique par l'Europarlement est le premier d'une longue série de votes destinés à réellement changer notre Union européenne. Nous sommes douze ici à parler au nom de quatre cent quatre-vingt-douze élus sur les sept cent cinquante que compte cette Assemblée. Il ne vous a pas échappé que parmi les deux cent cinquante-huit que nous ne représentons pas, vous n'êtes que soixante présents. Il est inutile de vous précipiter sur les boutons d'appel et les téléphones : nous contrôlons les réseaux internes et l'accès à l'extérieur. Les services de sécurité sont avec nous. Sachez également que la seule information qui sort de ce bâtiment est la diffusion en direct de cet échange.

— Vous n'avez pas le droit ! Le Président va envoyer l'armée ! hurle une voix énervée depuis l'aile droite du Parlement.

— Vous qui avez été accusé de détournement de fonds au début de votre carrière, vous n'avez guère légitimité à nous parler de droit », intervint Yiannis, au bord de l'hilarité.

Tout ce remue-ménage amuse beaucoup cet éternel dopé à l'optimisme. Toutefois, sa répartie provoque de nouveaux remous, qui se tarissent lorsqu'Hélène reprend la parole.

« Outre cette question de la légitimité et de l'honnêteté, nous vous informons qu'en ce moment, les chefs d'État des pays membres, réunis dans le cadre du Conseil européen à Bruxelles, se trouvent dans l'impossibilité de communiquer avec les forces de l'ordre belges.

» Ce soir, nous, eurodéputés démocratiquement élus, reprenons le pouvoir qui n'aurait pas dû nous être enlevé de facto par la Commission, cet exécutif sans base démocratique.

» Ce soir, nous, eurodéputés démocratiquement élus, appuyés par les membres de la Cour européenne de Justice, nous proclamons, au nom des valeurs prônées par les personnes ayant fondé cette Union européenne, la destitution de l'actuelle Commission.

» Nous proclamons également ouverte la première Assemblée constituante de l'Union européenne. »

Cela mérite bien un moment de musique. Tandis qu'Hélène passe la parole au deuxième des onze autres organisateurs de ce « coup d'État », Silvia envoie un SMS codé à Valentin. Lorsqu'arrive la réponse, elle adresse le signal convenu à Yiannis, Hélène et aux onze.

Un peu de mise en scène ne nuit jamais… sourit-elle.

Alors, entre les murs de ce Parlement dont on avait oublié l'importance et qui avait renié ses valeurs, sa vision, ses rêves, s'élève le dernier morceau de la soirée.

Voilà ce que doit être l'Europe : une élévation en harmonie où la joie prévaut.

Ce soir, c'est ce vers quoi nous tendons.

Sélection 12 : Neuvième Symphonie, *Ludwig von Beethoven*

*

Au soir de sa vie, Europe marche sur la plage, comme elle avait l'habitude de le faire jeune fille à Sidon. Elle ne se confie plus à son grand-père – que ne sait-il pas sur elle depuis toutes ces années ? – mais se contente d'écouter le fracas des vagues et de suivre les dessins d'écume, et laisse voguer son esprit.

Elle pense à sa vie sans ses fils, à la solitude de ses parents. Elle est heureuse de n'avoir pas engendré de fille, pour lui éviter la violence furieuse dont elle-même a été victime si jeune.

Elle sait que ses frères sont partis à sa quête, elle qui est restée prisonnière de cette île dont elle connaît désormais le moindre caillou. En son nom, ses frères et ses fils ont bravé l'Ereb et fondé des cités à travers la mer Égée et le continent.

L'âme soudain gonflée d'espoir et de terreur mêlés, Europe devine que les filles et les fils après eux n'auront de cesse d'explorer par l'eau et par la terre ce monde encore à son aube. Europe sur la rive espère que les filles et fils après ces explorateurs seront de la race non des conquérants, mais des sages, des constructeurs – des rêveurs.

99.5

K.T.

K.T. est née au Costa Rica (à vérifier). Durant sa jeunesse elle participe à de nombreuses opérations de la CIA avant de se reconvertir dans le trafic de diamants. Elle profite aujourd'hui d'une retraite paisible dans son centre d'accueil pour koalas orphelins. Elle apprécie les cornichons, les écrits d'Arthur Conan Doyle, de Stephen King ou encore de Fabrice Colin ; mais ce qu'elle aime par-dessus tout, c'est affabuler sur sa biographie.

Bibliographie :

La Lande, série littéraire en ligne, éditions Novelle (2019)
Howard, anthologie « Sur les traces de Lovecraft », éditions Nestiveqnen (2017)
Notre-Dame de Baltimore, anthologie « Du Plomb à la Lumière », éditions Le Grimoire (2016)
Chini-Ya, anthologie « La Cour des Miracles », éditions Le Grimoire (2015)
Le Fil, AOC N°38, Club Présences d'Esprits (2015)
L'Hermine noire, Prix Clara, éditions Héloïse d'Ormesson (2010)

99.5

K.T.

L'hymne de l'Union retentit dans le centre à sept heures précises, comme tous les matins. Et comme tous les matins depuis qu'il avait intégré le centre, Berth grogna. Sept heures, c'était trop tôt. Il se tuait à le répéter. Sept heures et demie, huit heures, ça pouvait leur changer la vie. Sept heures…

« Debout collègue ! » claironna Camille.

En fait non. Le pire n'était pas l'heure. Le pire, c'était d'avoir un confrère qui vivait chaque réveil comme une épiphanie. Ça fatiguait Berth. Qu'est-ce qu'ils sont emmerdants, les gens toujours de bonne humeur !

« Habille-toi et fous-moi la paix », rétorqua-t-il en s'enfouissant sous sa couette.

Ils n'avaient pas besoin de couvertures en peau, ici. Le centre était chauffé. Comment, ils n'en avaient pas la moindre idée ; mais il était chauffé.

Berth entendit un rire. On lui arracha sa couette : Camille était déjà tout habillé, ce taré.

« Dépêche-toi, notre tour arrive. »

Berth se redressa tant bien que mal. Le parfum d'ambiance lui chatouilla agréablement les narines. Il reconnut des notes de rose. Il ne s'était pas rasé ; tant pis, ça irait pour aujourd'hui. Tant qu'il portait l'uniforme…

C'était un complet bleu roi, avec un cercle d'étoiles brodé sur le cœur. Mais si on avait demandé à Berth de répéter cela, peut-être qu'il ne s'en serait même pas souvenu. Il enfilait ce complet chaque matin depuis si longtemps qu'il ne le regardait plus. Camille vérifia que sa mallette de travail était prête.

« Il y a une nouvelle directive.

— Ah ?

— Il paraît. Faut regarder au tableau.

— On passera voir.

— Pas si tu traînasses. »

Berth lui répondit d'un juron fleuri, et Camille rit – comme à son habitude. Berth se demandait parfois si tous les Franciens étaient comme lui, si le rire et l'optimisme étaient dans leur sang. Camille était le seul Francien à officier sur le mur baltique.

Les deux amis burent leur chicorée en silence, attentifs à la radio. Elle était encastrée au-dessus de la kitchenette, pour éviter qu'un employé ne l'embarque avec lui au travail. De toute façon, cela n'aurait servi à rien : des postes radio, il y en avait dans toutes les parties communes et à distance régulière lors des rondes. Des petits compagnons grésillants qui racontaient tous la même chose. Mais ils étaient déjà suffisamment chanceux de capter une station.

« *Des nouvelles du festival des nations en Germanie avec notre correspondant tout à l'heure. Mais tout d'abord, il est sept heures et demie ; l'Union tout entière souhaite le bonjour à nos enfants des murs. Puisse votre journée être agréable, et merci de nous protéger. Nos vœux particuliers de bonheur à Consuelo Garcia, du mur de Gibraltar, dont c'est l'anniversaire. Joyeux anniversaire, Consuelo !* »

« Elle aurait pu nous inviter », ironisa Camille.

Ce fut au tour de Berth de rire. Gibraltar, depuis le mur baltique, ressemblait à un mirage.

« C'est vrai, poursuivit le Francien. J'adore être ici, mais je serais pas contre un peu de soleil d'Hispanie.

— On est en janvier, petit génie. Au mieux, y aura un peu moins de glace qu'ailleurs. »

Camille jeta un regard par la fenêtre de leur chambre. On n'y voyait rien d'autre qu'un épais bloc blanc. De la lumière filtrait par-derrière. La glace avait rempli la cour intérieure et l'administration tardait à y remédier. Parfois, Berth contemplait le miroitement discret de cette surface cristalline, et y trouvait du repos. Parfois, comme aujourd'hui, c'était juste lourd.

Camille s'étira. Il ne cédait jamais au découragement, lui.

« Allez, assez dormi.

— Tu n'attends pas le reportage sur le festival des nations ? s'étonna Berth.

— J'aimerais bien, mais on va être en retard.

— Mouais. Ce sera mieux quand on le verra de nos yeux.

— Tout juste. Tu as demandé tes congés ?

— Hier, j'attends.

— On croise les doigts. »

Berth avait bon espoir d'obtenir sa permission. Cette année, sa région natale accueillait le festival des nations ; ce serait l'année idéale pour rentrer voir sa famille, dans leur grande maison de Germanie. Il avait fait ses dix ans minimum sans broncher, et ses résultats étaient bons. Pas une seule journée d'absence, malgré ses réveils difficiles – cela, il le devait à Camille.

« J'ai hâte d'avoir passé les dix ans aussi, soupira ce dernier.

— L'année prochaine.

— Yap. »

Ils avaient quitté leur chambre depuis une bonne minute, accompagnés par le parfum d'ambiance à la rose, et atteignaient désormais la salle principale. Des fauteuils usés mais confortables se faisaient face, des livres garnissaient les tables basses en bois sombre. On venait de passer l'aspirateur sur la moquette. De gigantesques baies vitrées occupaient tout le mur est. Des dizaines de portes menaient à des tubes de la largeur d'un homme, qui s'élançaient vers l'extérieur. Et à l'extérieur, il n'y avait rien d'autre que du blanc. Des steppes blanches, des forêts blanches, des montagnes blanches. Seul le ciel était encore noir. L'aube le piquetait de taches brunâtres.

Une odeur de viennoiseries embaumait l'air. Au centre de la salle, entre la cafétéria et le billard, une colonne au diamètre impressionnant était couverte d'écrans. Des mots et des chiffres se suivaient comme les lignes de fourmis dans les documentaires.

Berth et Camille se postèrent sagement devant les écrans avec le petit groupe de badauds habituel. Ils ne prêtèrent pas attention à la plupart des lignes – ils les connaissaient déjà. Toutes étaient bleu ciel sur fond anthracite ; mais celle qu'ils attendaient…

« Là », dit enfin Camille.

Les collègues derrière eux tendirent le cou. Une ligne verte faisait irruption sur l'écran central. Ils la lurent au fur et à mesure.

« *Directive 3180/02/EU établissant une troisième liste des plantes prohibées en intérieur, complétant la directive du Conseil 3178/24/EU et amendant la directive de la Commission 3140/86/EU. Sont prohibées pour l'avenir, jusqu'à disposition contraire de même valeur : les ficus, les plantes succulentes type haworthia fasciata ou crassula portulacea (Cf liste des plantes succulentes établie dans la directive de la Commission 3082/29/EU), les anthuriums et les spathiphyllum. La présente directive entre en vigueur le vingtième jour suivant celui de sa publication au Journal officiel de l'Union. Les nations membres en sont destinataires. Fait à Brosella, le 4 janvier 3180.* »

Le temps pour eux de lire le texte, il était déjà près de huit heures. Camille parcourut la salle du regard, avec l'air de celui qui perçait un grand mystère.

« C'est donc pour ça, murmura-t-il.

— Hm ? fit Berth en le regardant.

— Tu n'as pas remarqué ? Ils ont enlevé le ficus.

— Ah oui. »

Les conversations allaient bon train. On commentait la directive avec enthousiasme. Camille et Berth partagèrent leurs opinions en s'éloignant des écrans. Mais malgré leur bonne volonté, l'échange tourna court. Ils faisaient vite le tour quand il s'agissait de plantes d'intérieur.

Ils passèrent la porte qui leur avait été assignée. Camille s'écarta pour laisser passer Berth, non sans simuler une révérence.

« Tu vas arrêter de faire le pitre ? » grommela Berth en entrant dans le sas.

Camille sourit et actionna la fermeture hermétique de la première porte. Berth composa le code de la seconde. Elle coulissa dans un chuintement, révélant deux sièges inclinés. Les deux hommes prirent place et attachèrent leur ceinture. Camille alluma le boîtier sur son accoudoir. La radio reprit.

« … *et maintenant, une femme que nous tenions à vous présenter : Helga, une jeune productrice laitière qui a de l'énergie à revendre ! Helga, c'est à vous, parlez-nous de votre passion.*

— *Bonjour* », répondit une petite voix timide. « *Voilà, j'ai repris la ferme de mon père il y a cinq ans.*

— *Ça se passe bien ?* »

Un mécanisme s'enclencha sous les sièges. Ils glissèrent sur leurs coussins d'air, et entamèrent une descente en pente douce.

« *Très bien. Nous promouvons les bêtes de nos régions, pour que toute l'Union en profite.*

— *Ici, c'est votre plus belle vache ?* »

Tout autour d'eux, d'autres sièges, d'autres tubes. Des centaines d'employés en uniformes bleu roi qui partaient pour leur poste. Berth avait entendu un collègue dire qu'au tout début du mur, dix techniciens suffisaient pour gérer les installations. Mais désormais le mur craquelait de partout et en permanence. Voilà ce qu'il avait dit, le collègue. Il avait été bien content d'obtenir ses congés, après vingt ans de service.

Dix types pour gérer ça ? Impossible, songea Berth.

Leurs sièges ne cessaient de descendre. Le centre, devenu ville avec le temps, se dressait au sommet du mur. Pour atteindre leur lieu de travail, il fallait descendre et encore descendre.

« *C'est une Rodt Dansk, une race emblématique. On la bichonne depuis des générations.*

— *Elle est superbe ! C'est la première fois que vous avez l'occasion de participer au festival des nations. Qu'en pensez-vous ?*

— *C'est magnifique. Il y a tellement de monde, tellement de nouvelles choses… je comprends pourquoi mon père ne ratait pas une date.* »

Cinq-cents mètres plus bas, les deux sièges s'arrêtèrent enfin. Camille referma le boîtier ; le duo détacha sa ceinture et passa un autre sas. Cela faisait toujours bizarre à Berth de poser le pied sur le « vrai » sol, celui sous lequel il n'y avait que la Terre – et pas quinze étages de complexes habités plus des mètres de béton.

Le tube principal était un tunnel rond en plexiglas qui longeait toute la base du mur. C'était l'artère à laquelle menaient tous les tubes plus petits, l'endroit où se jouait la majeure partie de la survie de l'Union.

« Ils nous ont donné une zone ce matin ? » demanda Berth.

Camille vérifia le petit écran des passages au bout du sas.

« Fissures en zone trente-quatre, confirma-t-il.

— Encore la trente-quatre ? »

Ils prirent leur masque à gaz sur les portants et se les accrochèrent sur le dos. Longtemps, ça n'avait été qu'une précaution ; c'était ce que les anciens leur racontaient. Depuis que Berth était là, une brèche majeure n'était jamais à exclure – et toutes les conséquences qu'elle impliquait.

« C'est bizarre, tout de même, reprit Berth tandis qu'ils s'engageaient dans le tube.

— Quoi donc ?

— Qu'il y ait autant de problèmes en zone trente-quatre. Ça ne peut pas être l'usure naturelle. »

Le soleil se faisait attendre. Des lampes diffusaient une lumière froide le long du mur. À intervalles réguliers, des traits de couleur avaient été peints sur le béton. Pour chaque trait, une indication. Zone trente-et-un, zone trente-deux, zone trente-trois…

Lorsqu'ils parvinrent à la zone trente-quatre, Camille émit un sifflement.

« La vache. »

Cela décrivait assez bien le tableau. Le plexiglas s'était enfoncé comme sous l'impact d'une boule de démolition. Tout le tube avait été repoussé contre le mur, craquelant le béton. Berth s'approcha prudemment, prêt à dégainer le masque à gaz. Le choc avait dessiné une rosace de microfissures. Un air glacé s'y infiltrait. Camille le rejoignit. Pour une fois, il avait perdu de son sourire.

« Ça ne faisait pas ça avant », fit-il.

Il se référait à une époque très lointaine, que même les anciens du centre ne connaissaient que par héritage.

Les murs se fragilisaient. C'était un fait ; pas seulement le mur baltique. Les murs avaient beau être une prouesse technique dont toute l'Union chantait les louanges, les siècles avaient révélé que les bases des infrastructures souffraient. Trop de poids. Et puis avec l'ère froide, les fissures s'étaient ouvertes comme sur des lèvres gercées. Il fallait les colmater. C'était le travail de Berth de Germanie, de Camille de Francie et du centre tout entier.

Ça, c'était la mécanique de départ. L'Union l'avait vue comme parfaite. À part l'ère froide et les lois du temps, qui pouvait oser s'attaquer aux murs ?

« Encore un coup des varvares ? » marmonna Camille.

Berth se contenta de secouer la tête ; l'air de dire « préviens toujours ». Les alertes pour attaques de varvares se multipliaient. Le centre envoyait des équipes d'urgence, portait secours à des employés blessés. Les altercations avaient souvent lieu durant les tours de nuit. Ça faisait déjà dix-huit techniciens envoyés en congé ces deux derniers mois.

Les colmateurs colmataient, les infirmiers soignaient, mais personne n'avait jamais vu les varvares. Personne ne tenait à les voir, et personne ne savait comment lutter contre eux.

On les avait prévenus qu'ils pouvaient attaquer au gaz.

Camille ouvrit sa mallette et en tira son pistolet à résine. Berth fit de même. Ils se mirent au travail en silence. La radio de la zone trente-quatre ronronnait ses informations.

« *Nous vous remercions de nous avoir si chaleureusement accueillis, Helga. C'était le stand de l'Haraldie, aile nord du festival des nations. Tout de suite, un peu de musique, et nous vous retrouverons pour une dégustation de liqueurs dont vous nous direz des nouvelles !* »

Le jour se levait pour de bon. Il n'y avait pas de soleil, mais un brouillard qui assombrissait la neige. Berth avait toujours préféré ce paysage-ci à celui qu'on décelait depuis le centre. Là-haut, c'était une toile immense jusqu'à en paraître abstraite. Ici, il ressentait que le monde autour d'eux *existait*. Il voyait les buissons épineux avec des baies rouges sur leurs branches nues. La lisière d'un bosquet de sapins se dessinait un peu plus loin – quand il faisait beau, pas aujourd'hui.

Et puis s'il se penchait, il n'y avait que la couche de plexiglas entre ses doigts et la neige. Cette simple idée remplissait Berth d'un émerveillement sourd. Même à Camille, il n'en avait pas parlé.

Ce fut alors qu'il remarqua la chose, tout en bas de la paroi, gravée sur le plexiglas avec un objet pointu. Camille lui avait tourné le dos pour s'occuper du mur. Berth se pencha un peu plus pour déchiffrer les inscriptions.

01:14 - 05/01/3180 - 99.5

Il se redressa avec le plus grand naturel et reprit le travail. Le tunnel était sous vidéosurveillance pour protéger les techniciens. Ils n'avaient jamais repéré les caméras, et ils ne voulaient pas avoir l'air louche en essayant. De toute façon, elles étaient là pour leur bien.

Leur tour se déroula sans accroc, au rythme des pistolets à résine. Puis une sonnerie tinta et ils fermèrent leur mallette, reprenant le chemin du sas.

« On a quand même fait le gros du boulot ! » se félicita le Francien, souriant.

Berth ne partageait pas vraiment son enthousiasme. Ils allaient déjeuner, et il savait que désormais dans le réfectoire, il n'y aurait plus de ficus. Mine de rien, en y repensant… ça le contrariait, cette histoire de ficus.

Il oublia vite son coup de blues : l'odeur dans le réfectoire mettait l'eau à la bouche. Des rangées de bacs chromés remplis de bonnes choses attendaient les travailleurs. Postée derrière sa forteresse de verre et d'inox, Constance veillait. Constance était aussi énorme que magnifique. Même les anciens n'en menaient pas large ; ils approchaient d'elle avec leur plateau comme des moines approchaient d'une icône avec leur offrande. Chacun demandait timidement qui plus de légumes, qui plus de pommes de terre. Constance jaugeait, et Constance levait sa louche tel un sceptre de pouvoir divin, et Constance rendait sa sentence. Ceux qui obtenaient satisfaction repartaient ravis pour le reste de la soirée.

Berth repartit heureux cette fois-ci. Constance lui avait fait l'honneur de lui mettre un peu plus de pâtes. Elle les assaisonnait avec une pointe d'huile d'olive, ce qu'ils avaient toujours ressenti comme un luxe.

« Andrea est là, fit Camille. Hé, Andrea ! »

Le Romain vint s'installer à leur table. Il bossait l'après-midi. Les trois hommes s'entendaient très bien. Andrea était l'un des colmateurs les plus efficaces du mur baltique. Et il avait le bon goût de ne jamais s'en vanter.

« Alors les gars, tour fini ? demanda-t-il en posant son plateau.

— Yap ! confirma Camille. À vous de jouer.

— On va faire de notre mieux. Ça allait de votre côté ?

— Des varvares », marmonna Berth.

Andrea haussa un sourcil.

« Sérieux ?

— Ouais enfin, on a vu personne, tempéra Camille. Mais vu les traces…

— Je vois. Bon, on va faire plus attention, alors. »

Le Romain eut un sourire satisfait en goûtant ses pâtes.

« Ils font tout pour qu'on bosse au mieux, après tout », ajouta-t-il.

L'après-midi se déroula semblable aux autres jours. Berth et Camille jouèrent aux cartes, allèrent à la bibliothèque. Berth aimait bien lire. Son ouvrage préféré était celui d'une certaine Beryl Shallow, *Les Temps de l'Amour*. Monica retrouvait son premier amour et ils finissaient par se marier. C'était une histoire à l'eau de rose, qui lui attirait les moqueries de Camille ; mais Berth n'en avait cure. Ce livre le rassurait, avec ses personnages naïfs et ses péripéties prévisibles. Dans *Les Temps de l'Amour*, les personnages étaient voués au bonheur ; mais surtout, ils l'atteignaient. Mais alors qu'il relisait le livre pour la énième fois ce soir-là, Berth avait l'impression de voir flotter des chiffres sur les lignes : 01:14, 05/01/3180, 99.5…

Après un dîner sobre pris à la cafétéria – du bouillon aux légumes et du pain, les deux amis retrouvèrent leur chambre. Camille s'endormit rapidement. Berth, lui, resta à fixer le plafond. Il avait une très mauvaise mémoire, d'habitude. Comment ces chiffres pouvaient-ils lui apparaître si nets ? Il revoyait le plexiglas, et cette inscription sur le blanc de la neige. Il la voyait mieux que le visage de sa propre mère – et pourtant elle lui manquait atrocement, sa mère.

01:14, cela ressemblait à une heure. Il jeta un œil à leur réveil digital, sur la tablette près du lit : vingt-trois heures. 05/01/3180 ? Une date. *C'est demain. Dans une heure.* Mais 99.5 ? 99.5, il ne voyait pas. Il n'avait jamais été bon en énigmes. Camille s'en sortait mieux, il faisait des mots croisés à la bibliothèque. Et pour une fois, il était hors de question d'en parler à Camille.

Il parcourut leur chambre du regard. Peine perdue. Avec la glace sur la fenêtre, on y voyait comme dans un four. Les seules sources de lumière étaient le réveil et le voyant de la radio.

Les heures s'écoulèrent. On n'entendait que le ventilateur au plafond et les ronflements doux de Camille. La radio veillait de son œil jaune. Berth se rendit compte qu'il ne regardait plus que ce voyant.

Il finit par quitter le lit et s'approcha de la kitchenette. Il ne savait pas franchement ce qu'il cherchait. Il s'installa sur un des deux tabourets, se triturant les mains. S'il l'allumait maintenant, Camille allait se réveiller. Sauf s'il baissait le volume… mais il ne voyait pas le cadran. Le voyant n'éclairait rien. Il passa les doigts sur l'appareil, fébrile, et trouva enfin le bouton du volume. Il le fit tourner lentement, puis inspira à fond. Même s'il devait se pencher sur le cadran, au moins, Camille n'entendrait rien. Le bouton des stations était le plus proche du voyant. Berth s'arma de courage avant de se lancer.

Il crut d'abord que le bouton était coincé : ça faisait si longtemps qu'ils écoutaient la même station. Mais le cercle métallique finit par céder. Et l'un après l'autre, les chiffres se succédèrent. 98.9, 90.0… et toujours la même chose : un grésillement continu.

Il était une heure treize quand Berth atteignit 99.0. Son cœur fit une embardée. Depuis le néant où les fantômes chuchotaient, une voix se faisait entendre – très mal, mais ce n'était plus du rien. Et ce n'était plus la station unique du centre, non plus. Il se pencha, se retint de vérifier encore le volume, puis tourna une dernière fois la molette. 99.5.

Il était une heure quatorze. Berth manqua tomber de son tabouret. Le speaker ne parlait pas la langue unie, mais l'anglais.

« *Bonsoir à tous,* ladies and gentlemen. *Nous espérons que vous allez bien. Vous êtes toujours sur la BBC, et nous poursuivons la nuit avec vous avec, à la demande d'une auditrice, l'*Ode à la Joie, *sur la 9ème symphonie de Ludwig van Beethoven.* »

L'orchestre joua un air dont Berth reconnut la mélodie : c'était celle de leur sonnerie de réveil. *La reprendre avec autant d'instruments !*, songea-t-il, sincèrement ébahi. Un chœur s'éleva soudain. Mille voix lumineuses, concordantes au point de former un tout organique. Et si Berth avait difficilement suivi le discours de l'anglais, la chanson le heurta en plein cœur. Ces gens chantaient en germain.

Joie ! Joie ! Belle étincelle divine,
Fille de l'Élysée,
Nous entrons l'âme enivrée
Dans ton temple glorieux.
Ton magique attrait resserre
Ce que la mode en vain détruit ;
Tous les hommes deviennent frères
Où ton aile nous conduit.

Berth resta immobile, l'oreille collée contre le poste et le regard embué. Cela faisait si longtemps qu'il n'avait pas entendu sa langue, qu'il pouvait presque la savourer sur son palais. Il voyait les champs d'or de Germanie, les premiers feux de cheminée, entendait les pas des enfants qui couraient sur les sentiers boueux. Il voyait sa mère.

Si le sort comblant ton âme,
D'un ami t'a fait l'ami,
Si tu as conquis l'amour d'une noble femme,
Mêle ton exultation à la nôtre !
Viens, même si tu n'aimas qu'une heure
Qu'un seul être sous les cieux !
Mais vous que nul amour n'effleure,
En pleurant, quittez ce chœur !

Le chant s'élevait avec une puissance que Berth n'avait jamais connue ailleurs. C'était généreux comme Constance qui gardait la corne d'abondance du réfectoire ; rayonnant comme le sourire de Camille lorsqu'on riait à ses blagues. C'était vivant.

Heureux, tels les soleils qui volent
Dans le plan resplendissant des cieux,
Parcourez, frères, votre course,
Joyeux comme un héros volant à la victoire !
Qu'ils s'enlacent tous les êtres !
Ce baiser au monde entier !
Frères, au-dessus de la tente céleste
Doit régner un tendre père.
Vous prosternez-vous millions d'êtres ?
Pressens-tu ce créateur, Monde ?
Cherche-le au-dessus de la tente céleste,
Au-delà des étoiles il demeure nécessairement.

L'orchestre termina sur une envolée et tout cessa. La musique, les chants, mais aussi le speaker. Le grésillement rétablit son empire. Berth éteignit la radio et se redressa en s'essuyant les joues. Il ne comprenait pas. Qui lui avait offert ce moment inimaginable ? Qui avait écrit cette heure, cette date, ce 99.5 ? Qui était ce Ludwig van quelque chose ? Et pourquoi n'avaient-ils jamais entendu cette chanson prodigieuse, plutôt que la mélodie mécanique de la sonnerie de sept heures ? Il regarda autour de lui, les épaules voûtées. Tout dormait encore. Les ronflements de Camille avaient gardé leur rythme paisible.

Pour la première fois depuis qu'il travaillait au centre, assis dans cette chambre aveugle, Berth se sentit vide.

Il parvint à se rendormir. Moins de six heures plus tard, la sonnerie était au rendez-vous. Le parfum aussi – agrumes, ce jour-là. Berth n'eut pas le temps de se raser une fois de plus. Les deux amis entamèrent leur programme habituel : chicorée, radio (le festival des nations en était à son troisième jour), discussion à propos des conséquences de la directive sur les plantes d'intérieur (il paraissait qu'à la cafétéria du huitième étage, ils avaient enlevé une plante grasse). Berth traversa la matinée avec un certain détachement. Les chants célestes d'une heure quatorze faisaient encore écho dans son crâne.

Ils descendirent jusqu'au tube principal dans leurs sièges. Le Germain attrapa machinalement son masque à gaz. Camille, qui n'avait pas relevé jusque là, s'éclaircit la gorge.

« Dis, Berth…

— Hm ?

— Tu es un peu taiseux ce matin. Je veux dire, un peu plus que d'habitude. »

Berth esquissa un semblant de sourire. Il avait tout de même remarqué un truc, Camille. Derrière le sourire permanent se cachait une certaine perspicacité. Berth avait toujours admiré son collègue. Le Francien était une sacrée tête, bien plus futé que lui.

« Fais pas gaffe. J'ai mal dormi.

— Oh. Tu y arriveras aujourd'hui ?

— Oui oui, t'inquiète. Zone combien ? »

Camille prit son masque à gaz tout en consultant l'écran.

« C'est une blague, s'exclama-t-il.

— Quoi ?

— Devine. Allez, devine la zone.

— Trente-quatre encore ? »

Ils échangèrent un regard entendu. Ce n'était certainement plus l'usure naturelle. L'arrivée sur place confirma leur impression : l'enfoncement repéré la veille s'était encore creusé. Un nouveau coup de bélier avait balayé toutes les réparations des équipes successives. Berth posa un regard découragé sur le chantier qui les attendait.

« Bon… au boulot », soupira Camille.

Berth hocha la tête. Il se dirigea vers la paroi de béton et ouvrit sa mallette. Les pistolets à résine entamèrent leur rituel tranquille. L'aube jetait des stries de sang sur le ciel noir. Les étoiles s'éteignaient une à une.

Berth en était à sa vingtième fissure quand Camille brailla.

« Oh bon sang ! Berth, donne l'alerte ! Donne l'a... »

Il ne termina pas sa phrase : un fracas terrible déchira le calme du tube. La radio s'interrompit, les lampes devinrent rouges. Une alarme stridente se déclencha. *Camille*, fut la première pensée de Berth. *Le gaz !*, fut la suivante. Son cœur faillit lâcher. Il chercha le masque dans son dos et se retourna ; le spectacle était surréaliste.

Le plexiglas venait de voler aux éclats. Le givre dévorait déjà les bords du trou béant. Mais Berth ne prêta pas attention au froid. Camille gisait à terre au milieu des débris, assommé. Il se précipita vers lui, mais s'arrêta net : près du corps du Francien, la neige *respirait*. Passé le premier choc, il réalisa que ce n'était pas la neige – mais une petite silhouette vêtue de peaux claires.

Berth lâcha son masque à gaz. Il n'eut pas le temps de hurler ; la varvare était déjà sur lui.

Quand il se réveilla, l'odeur des fourrures le prit à la gorge. Le froid prit le relais ; il lui tailladait les pommettes. Lorsqu'il ouvrit les yeux, des perles de glace lui piquetaient les cils. La vue gênée, il essaya de se redresser. Autour de lui, le paysage défilait à une allure folle.

Le paysage ?

Oui, le paysage. Les buissons à baies rouges, les hauts sapins – leur odeur, dieux du ciel ! Il prit une profonde respiration, voulant plus de cette odeur, de cet air. Tant pis si l'ère froide lui gelait les poumons. Il n'avait jamais eu aussi froid, mais il n'en avait cure. Il respirait l'odeur de la joie.

Des sons curieux lui flattèrent les oreilles : des grelots, des hennissements brefs. Il était sur un traîneau. Il n'en avait vu qu'à la rediffusion des vieux jeux Olympiques. Et celui-ci était énorme, une vraie machine de guerre. Trois chevaux fonçaient ; leurs muscles secs travaillaient à plein régime. Les clochettes autour de leur col s'affolaient.

Assise au bord du traîneau, la petite silhouette vêtue de blanc dirigeait l'attelage d'une main solide. Alors qu'ils entraient dans une clairière, elle poussa un cri bref. Les chevaux freinèrent. Les grelots se turent peu à peu. Berth n'entendit plus que le vent. Après la sensation grisante du traîneau, la réalité lui remonta au bord des lèvres.

« Qu'est-ce que vous avez fait à Camille ? Qu'est-ce que je fous ici ? »

Il avait posé toutes ses questions en langue unie et le regretta aussitôt. Un sauvageon n'allait rien y comprendre. La silhouette se retourna ; Berth se retrouva alors face à une femme.

Elle avait un faciès étonnant : taillé, un peu sec – loin des canons de beauté à la Constance, ces princesses plantureuses que l'Union élevait en icônes. Les rondeurs, cela voulait dire que les femmes étaient bien nourries, donc qu'elles feraient beaucoup de lait pour les bébés.

Cette femme-là était plate comme un jeune garçon. À moins que sa poitrine ne fût écrasée par les couches de fourrures. Deux tresses noires d'une longueur effarante encadraient son visage pointu. Berth rencontra son regard, deux éclats d'émeraude. Le soleil levant leur donnait des reflets. Canon ou pas, Berth, lui, n'y pensa pas du tout. Elle avait juste des yeux troublants.

« Beryl Shallow », salua-t-elle en lui tendant une main minuscule.

Berth eut une hésitation. Il ne s'attendait pas à un geste aussi policé. Quand il lui rendit sa poignée de main, le nom fit tilt. Beryl Shallow ?

« Berth Lutz. Vous écrivez ? » interrogea-t-il, se trouvant bête dès qu'il eût posé la question.

Un sourire étira les lèvres de la jeune femme ; pendant quelques secondes, elle perdit toute sa dureté. Elle prit la parole avec une grammaire parfaite, mais un accent académique. Elle avait appris la langue unie.

« *Les Temps de l'Amour*, hein ? Non, c'est d'une de mes ancêtres. Vous ne vous imaginez pas le succès que ça a eu. Moi, je suis diplomate. Je travaille pour le Royaume-Uni. »

Berth se passa une main sur le visage. Il ne savait même pas que le Royaume-Uni existait encore. Il ne l'avait croisé que dans de rares atlas et des manuels d'histoire. Dire que son seul souci le matin même, c'était d'avoir oublié de se raser. Cela lui paraissait diablement lointain.

« Expliquez-moi, demanda-t-il simplement. S'il vous plaît. »

Beryl observa les alentours. Un silence total régnait. Elle sauta alors au bas du traîneau.

« On va camper. Écartez-vous. »

L'homme obtempéra. Il était assis sur un coffre. Il y entrevit ce qui ressemblait à un canon pneumatique ; de quoi fracasser une paroi de plexiglas. Beryl sortit une bâche argentée et du matériel de cuisine. Un réchaud, une casserole, et un paquet rempli de poudre brune. L'odeur attira aussitôt Berth. Il quitta le traîneau sans se faire prier et alla s'installer sur la bâche, engoncé dans ses couvertures. Sa compagne d'infortune ne semblait pas encore prête à parler. Le Germain s'imposa la patience et garda son calme.

L'eau dans la casserole se mit à bouillir. Un cri fit sursauter Berth. La jeune femme eut un rire.

« C'est un rouge-gorge.

— Une tribu ?

— Non, un oiseau. C'est un vieux nom, laissez tomber. »

Elle avait mis de la poudre brune dans une deuxième casserole, et y versa l'eau. L'odeur qui avait marqué Berth se décupla. Tandis que Beryl posait une passoire sur sa tasse et la remplissait de la mixture, mille questions traversèrent la tête du colmateur. Qu'était-ce que ce liquide noir, ce parfum envoûtant ? Un philtre, un de leurs rituels primitifs ?

Pourtant, plus il passait du temps près de Beryl, moins il croyait à sa sauvagerie. Cette femme était instruite. Bien plus que la plupart de ses collègues civilisés.

Il se rendit compte qu'elle le regardait.

« Votre café refroidit.

— Mon quoi ?

—… café. Ça ne vous dit rien ? »

Il fronça les sourcils pour se concentrer.

« Si, finit-il par lâcher. Dans *Les Temps de l'Amour*, ils vont au café.

— C'est le nom de l'endroit, parce qu'on y sert du café. Ça.

— Je croyais que c'était inventé… pour les livres.

— Surprise, ironisa-t-elle. Goûtez. »

Berth huma d'abord sa tasse – longuement. Il hésita, puis se dit que cette femme n'aurait pas pris un risque pareil pour l'empoisonner quelques kilomètres plus loin. Il prit une gorgée timide. Le goût le surprit d'abord : amer, brut. Puis vint l'arôme, un bouquet corsé qui le fit décoller.

C'était délicieux. Et ce fut le moment que Beryl choisit pour reprendre.

« Je vais essayer de vous expliquer. Mais je ne sais pas tout, personne ne sait tout. Je vais vous dire ce que moi, je sais. »

Elle serra sa tasse à deux mains, pensive. Il comprit qu'elle cherchait par où commencer.

« Dans les années deux-mille – je crois que c'était en cinquante, mais je ne suis pas sûre, il y a eu un gros Bang. Il paraît que ça ressemblait aux débuts de l'univers, je ne sais pas ce que ça peut vouloir dire… On ne sait pas d'où c'est venu. Une guerre peut-être. Le soleil ne passait plus. Tout s'est refroidi.

— Le grand Bang, je connais, rétorqua Berth, piqué au vif. C'était foutu des deux côtés, tout le monde s'est formé en milices, ça a déferlé sur notre continent. C'est bien pour ça qu'on a commencé les murs.

— C'est vrai. L'Union a commencé pour ça. À l'époque, ils étaient un exemple…

— On l'est toujours, l'interrompit sèchement Berth. L'Union parfaite, toutes les nations faisant bloc pour se défendre. Nous avons réussi. »

La flamme du réchaud dansait sur fond de neige grise, cercle d'une douzaine d'étoiles bleues. Le jour avait fini de se lever. Un quart de lune subsistait au-dessus des cimes. Beryl soupira et prit une longue gorgée.

« Mais le monde va mieux, Monsieur Lutz… ça fait des siècles qu'on va mieux et qu'on regarde vos murs grandir.

— C'est n'importe quoi. Si vous alliez "mieux", l'Union ouvrirait les murs. Et on rentrerait tous chez nous. On n'attendrait pas dix ans de service avant de demander des congés. »

Beryl ne répondit pas tout de suite. Mais elle lui sembla si consternée qu'il eut presque de la peine pour elle. L'agacement qu'elle lui avait provoqué s'apaisa quelque peu. Lorsque la jeune femme reprit, son ton était presque désolé. Elle pesait chaque mot.

« Vous ne pouvez pas rentrer. Vous ne pouvez plus. Rien n'est programmé pour que vous rentriez.

— Madame…

— Il n'y a plus rien à l'intérieur. »

Berth en perdit ses mots. Il la fixa, estomaqué. Jamais il n'avait entendu pareille connerie.

« … je vous demande pardon ?

— Il n'y a plus rien, répéta Beryl, plus ferme. Les derniers échanges de l'Union remontent à… cinq-cents ans, je crois ? Le Président a dit qu'il devait protéger les nations d'Europe de nos menaces. Et ça a été tout. Plus de presse, plus d'Internet, rien. Alors on a envoyé des drones prendre des photos. »

Au fond, Berth comprit qu'il aurait dû s'insurger contre cette incursion intolérable sur leur territoire. Pourtant, une seule pensée l'obséda.

« Vous avez photographié la Germanie ? Oh, vous avez photographié les champs ? »

Beryl baissa le regard. Ses lèvres tremblèrent. Berth le réalisa : elle avait longtemps imaginé ce moment. Mais elle n'avait pas imaginé que ce serait si difficile.

« Il n'y a plus de champs. Presque plus. Quelques lopins encore, ceux qui sont entièrement automatisés. Les robots continuent à travailler. L'Union s'appuyait beaucoup sur l'intelligence artificielle. Peut-être que ce sont toujours les ordinateurs qui font les directives ? Qui gèrent les centres ? Et comme personne ne met les programmes à jour… »

Berth sentit ses mains trembler sur sa tasse. Il ne comprenait plus rien. Cette femme délirait. Plus de champs ! Et le festival des nations ? Helga et sa plus belle vache, l'huile d'olive dans les pâtes de la formidable Constance ?

« Ma famille vit dans une ferme, il y a des champs partout. Ma mère… ma mère était fille d'agriculteur.

— Je ne sais pas qui était votre mère, fit doucement Beryl. Ils ont envoyé les derniers couples sains au mur, quand ça a commencé…

— Quoi ? Qu'est-ce qui a commencé ?

—… je ne sais pas. Je vous l'ai dit : je ne sais pas tout. (Sa voix baissa encore d'un ton.) Une épidémie, une guerre civile, le régime… on ne sait pas. On n'a pas pu aider, on n'avait plus aucun contact, alors…

— Fermez-la ! »

La jeune femme eut un mouvement de recul ; mais Berth ne s'en émut pas. C'en était trop.

« On protège une Union vide depuis des générations ? C'est tout ce que vous avez trouvé ?

— Vous ne la protégez plus. Essayez de comprendre, Monsieur Lutz : c'est le reste du monde que vous protégez de l'Union. »

Berth s'esclaffa, amer.

« Mais oui. En attendant, c'est vous qui faites des reprises de notre hymne. »

Cette fois, Beryl lui lança un regard furieux. Sa rage recelait des pointes de désespoir. Il y avait en elle une telle soif d'être crue, que le colmateur en fut bouleversé.

« Ce n'est pas une reprise ! Ce que je vous ai gravé au bas du tunnel, c'était pour que vous puissiez écouter la version originale de votre propre hymne. Que vous en ayez les paroles ! L'*Ode à la Joie*, Monsieur Lutz ! De la joie ! Voilà ce que c'était, votre Union, avant que vos dirigeants soient assez cons pour la réduire à des murs ! “Pas de misère, nous n'accueillons pas de misère” ! Vous étiez grands, vous étiez ouverts ! Vous aviez un diamant entre les mains ! La moitié de mes ancêtres a pleuré quand le pays a quitté l'Union, c'était il y a mille ans… et aujourd'hui, quoi ? »

Des ordinateurs en stand-by, du béton qui craque et des directives. Cette pensée s'imposa naturellement à Berth ; elle n'en était pas moins sidérante.

Un mutisme d'une lourdeur terrible tomba sur la clairière. Les rouges-gorges chantèrent encore. Berth les entendit à peine. Il ne restait plus que le froid.

Peu à peu, un voile se retira de son esprit. Comme lorsque, durant les matins de printemps, le brouillard s'estompait sur le paysage surréaliste de la baie vitrée, dans la salle principale. Tout en refusant farouchement d'y croire, il commençait à se refaire le film. Et il se rendait compte que c'était bien ça : un film. La radio principale de l'Union qui avait toujours un mot pour les « enfants des murs », qui les connaissait tous par leur prénom ; les directives qui montraient un gouvernement hyperactif ; et les plats de Constance… les plats de Constance, étaient-ils réellement succulents ?

« Les ventilateurs, fit Beryl, comme si elle avait lu dans ses pensées. Vous n'y avez jamais pensé ? Ils envoient du gaz.

— Du gaz ? s'esclaffa Berth, hilare. Du parfum d'ambiance. C'est du parfum d'ambiance.

— Mais réfléchissez ! On vous invente un passé, mais vous êtes nés au centre. Tout est fermé hermétiquement. »

La glace qui bloque les fenêtres, suggéra la partie de l'esprit la plus rationnelle chez Berth. *Les plantes d'intérieur qui recyclent l'air*. Ils demandaient des congés, l'oubliaient et demandaient à nouveau. Et les plats de Constance, au fumet si exquis…

Il fit tourner sa tasse, ne détachant plus le regard des flammes du réchaud. Berth avait peur. Jamais il n'avait eu réellement peur de sa vie. Ça lui tordait les boyaux.

« Que fait-on, maintenant ? » chuchota-t-il.

Beryl pinça les lèvres. Elle avait retrouvé son calme aussi vite qu'elle l'avait perdu.

« Maintenant… on va reprendre le traîneau et traverser la mer du Nord. La glace est assez épaisse à cette période de l'année.

— Mais le centre a donné l'alerte.

— Qu'ils essaient de nous trouver, ironisa-t-elle. Je connais cette forêt comme ma poche et ils n'ont pas la moitié de ce traîneau. On va arriver au Royaume-Uni, et je vous ferai rencontrer le gouvernement. Si vous le voulez bien.

— Moi ?

— Pas un autre. *Vous* avez vu mon message. Vous avez entendu la BBC, c'est votre preuve que je dis vrai. »

La jeune femme parcourut les alentours d'un regard mal assuré. Son ton n'admettait pas la réplique, pourtant. Elle avait ce que Berth sentait s'effondrer en lui : la foi et le courage.

« Je veux convaincre mon gouvernement de mettre un terme aux murs. Le monde s'accommodait bien de votre existence, mais ça ne peut plus durer. C'est vrai que c'est dangereux, on ne sait pas ce qu'il y a derrière, mais… il faut qu'on vous aide. Vous êtes les derniers Européens. Si on peut désinfecter, pacifier, s'il y a des survivants… »

Il s'agissait de détruire son monde. Mais ceux du centre, eux, ils n'en savaient rien. Pêle-mêle, il revit le bras puissant de Constance, Andrea l'efficace, ces milliers de petites mains avec leurs pistolets à résine, l'uniforme aux douze étoiles jaunes, et le sourire de Camille. Cela le fit réagir – faiblement, mais il devait avoir un mot pour eux.

« Mais il y a des innocents, dans les murs. Il y a Camille Baugrand. C'est mon meilleur ami, Madame. Et c'est un homme formidable, il… il s'expliquerait beaucoup mieux que moi, s'il faut parler. »

Beryl se tut. Puis Berth vit des perles se former au coin de ses yeux, pour geler aussitôt ; celles qui avaient le temps de rouler se figeaient en chemin, traçant de minuscules frontières blanches sur ses joues.

« Monsieur Lutz… vous ne reverrez pas votre ami. »

Il se souvint de tous les techniciens blessés – ceux qui auraient vu les varvares durant des tours de nuit. Ceux qu'on envoyait à l'infirmerie, puis en congé. Mais si Beryl avait raison, le congé n'avait pas de sens. Berth sentit le monde vaciller.

« Aucun de vous n'a tenté de forcer le tunnel des dernières années ? interrogea-t-il d'une voix blanche.

— Je suis la première. Et je n'ai pas franchement l'aval de mon gouvernement. »

La diplomate prit son inspiration, et Berth sut que ce serait l'ultime moment de son explication ; son ultime effort, aussi. Qu'elle lui devait cet effort.

« Vos centres n'ont pas une grande capacité d'accueil. Je vous l'ai dit, les ordinateurs ne peuvent pas avoir été mis à jour. Je pense qu'ils ne savent que gérer la population des centres. Sans doute ne voient-ils rien au-delà des centres. Ce dont je suis sûre, c'est qu'ils ne peuvent pas vous réintégrer dans l'Union, c'est le néant là-bas. Ils n'ont pas l'air de pouvoir vous faire sortir… et ils doivent avoir un nombre précis d'employés à fournir. Alors… on pense que leurs algorithmes se sont adaptés. Ils ont dû instaurer un cycle au sein des centres. »

Elle se tut. Berth comprit que c'était fini, au moins pour aujourd'hui. Et il n'insista pas. Il n'en avait pas la force. Il pensait ne jamais croire à tout cela ; mais ce qui le convainquit, au moment où ils ramassèrent le campement pour réintégrer le traîneau, ce fut l'odeur. L'odeur des fourrures et des sapins qui se mêlait à celle du café.

Ça venait de l'odeur. Depuis qu'il était sorti du mur, chaque arôme lui frappait l'odorat par sa richesse. Oui, dans le mur, il n'y avait pas d'aussi fortes odeurs, d'odeurs aussi *vraies*. Certes, il y avait toujours ce parfum printanier dans les couloirs et dans les chambres, le parfum qu'ils avaient toujours aimé parce qu'il neutralisait toute puanteur…

Au loin, les tours du centre se dressaient. Elles toisaient les forêts millénaires et le monde tout entier. Et sous le centre, le mur et ses tubes, les innombrables veines de plexiglas, les étages où il n'était jamais allé, qui n'avaient pas de fenêtres. Plus de peur, plus de rage : le choc annihila tout. Quand il se rassit sur le coffre du traîneau, Berth Lutz ne ressentait plus que le froid.

Au centre, ils n'avaient pas besoin de couvertures en peau. Le centre était chauffé. Comment, ils n'en avaient pas la moindre idée ; mais il était chauffé.

PUNK
L'EVÊQUE

Philippe Aurèle Leroux

Philippe Aurèle a toujours été inspiré par Polymnie, muse de l'écriture et de la rhétorique, mais n'a rien fait de ce soutien, jusqu'à ce qu'il fasse sienne la pensée de son glorieux ancêtre Marc Aurèle : « Bien souvent on se rend coupable en négligeant d'agir, et non pas seulement en agissant ».

Il a donc retroussé sa plume à l'approche de la cinquantaine et se présente devant toi, lectrice ou lecteur, comme un jeune vieil écrivain, nanti d'une multitude d'univers à explorer, de via scriptoria plus ou moins pavées.

Il s'inscrit le plus souvent dans des cadres historiques dans lesquels le fantastique ou la fantasy viennent ébranler les faits les plus établis, mais dispose d'un égal appétit pour la science-fiction.

Bibliographie :

Une Nouvelle à l'ancienne, Anthologie « École du Futur », éditions Marathon (2019)
Artémis et l'Absinthe, Anthologie « Absinthe n'y touche », éditions BoD (2019)
Étoile noire, Anthologie « Revenir de l'Avenir », éditions Le Grimoire, (2019)
Bison Blanc, Anthologie « Tombé les voiles », éditions Le Grimoire, (2017)
L'Empire des Chimères, éditions Le Grimoire (2017)
Le Bateau-Manne, Anthologie « Un canapé sur l'Oise », association Libres Plumes (2015)
Atrium Miraculorum, Anthologie « La cour des miracles », éditions Le Grimoire (2015), prix Mille Saisons 2016

Punk L'Évêque

Philippe-Aurèle Leroux

Au travers de la fenêtre de la salle de traite, Charlotte observe la citadine noire se garer dans la cour de sa ferme, au côté de son vieux pick-up déglingué. La portière s'ouvre sur un soulier verni qui hésite à se poser dans la boue qui semble avoir soudain recouvert le sol.

« D'où est-ce qu'il sort celui-là, et qu'est-ce qu'il vient me faire chier ? » grommelle-t-elle.

L'intrus, un échalas dégingandé aux cheveux aile de corbeau, se résout à poser un pied à terre, bientôt rejoint par le second, tous deux maculés par la fange, au grand désespoir de leur propriétaire. Le costume de l'individu se révèle aussi étriqué que l'automobile qui l'a amené sur place.

« Un costard-cravate… Ce n'est jamais bon signe ! » maugrée la jeune femme derechef.

Elle retourne à la traite de ses vaches, occupation qui ne souffre pas de retard ; les emmerdes, elles, viendront toujours bien assez tôt. De fait, elles arrivent à petits sauts erratiques, l'essentiel de la manœuvre visant manifestement à éviter les nombreuses flaques qui parsèment la cour et qu'un vent malin semble ramener sous leurs pieds malgré des efforts désespérés. L'état désastreux de l'ourlet du pantalon à l'issue de la séance dénonce l'inefficacité de la méthode dite du cabri. Charlotte choisit d'ignorer les petits coups secs frappés à la porte : le volume du vacarme conjugué de la station de pompage et du meuglement de ses vaches est suffisamment élevé pour justifier son attitude. Elle sait que c'est puéril, mais on ne se refait pas, et elle *sait* aussi que le sire du Corbac n'est pas venu jusque chez elle pour lui apporter ses gains de l'Euromillion ; ce serait d'ailleurs d'autant plus miraculeux qu'elle ne joue jamais… Elle libère Marguerite de la trayeuse quand la face de l'emplumé apparait dans l'encadrement de la fenêtre de la salle. Un sourire triste comme un jour sans pain s'affiche sur son long visage affublé d'une coiffure à la Severus Rogue et de lunettes à la Harry Potter : *C'est un Gryffentard*, songe Charlotte malgré elle. L'analogie avec l'œuvre de J.K. Rowling s'arrête là pour autant : le nez crochu et le long cou à glotte proéminente de son vis-à-vis lui évoquent plutôt un croquemort de Lucky Luke, impression encore renforcée par son costume noir et sa chemise blanche du col de laquelle dépasse une touffe de poils noirs.

« Vous ne m'aviez pas entendu arriver, j'imagine ? persiffle Severus Potter après avoir bataillé avec la récalcitrante porte coulissante de la salle de traite. Morris Philip, enchaîne-t-il, sa carte professionnelle à la main. Inspecteur de la Santé publique vétérinaire mandaté par la Commission européenne pour le contrôle des produits phytosanitaires de classe IV, tels que définis par le règlement numéro CE 852/2024 du Parlement européen et du Conseil du 29 avril 2024 relatif à l'hygiène des denrées alimentaires.

— Bravo !

— Je vous demande pardon ?

— Vous avez vingt sur vingt à votre récitation. Vous avez révisé avant de venir ?

— Très drôle. Voyez-vous, ce que j'ai révisé avant de venir, c'est l'un des fromages que vous avez récemment mis sur le marché et qui a été soumis à mon attention.

— Vous ne devriez pas rester là, indique Charlotte en reculant d'un pas.

— En vertu du règlement numéro CE 1244/2027 de la Commission du 24 octobre 2027 modifiant le règlement numéro CE 2074/2025 en ce qui concerne les mesures d'application relatives à certains produits d'origine animale destinés à la consommation humaine, des articles du code rural, livre II, titres III et IV, relatifs aux parties législatives et réglementaires, ainsi que de l'arrêté ministériel du 18 décembre 2029 relatif aux règles sanitaires applicables aux produits d'origine animale et aux denrées alimentaires en contenant, vous ne pouvez vous soustraire à un contrôle mené par l'Inspection de la Santé publique vétérinaire… »

L'inspecteur arrête sa litanie lorsque la vache Marguerite soulage d'abondance sa vessie sur la manche gauche de son costume.

« Je vous avais prévenu, commente placidement Charlotte. J'imagine que j'ai une nouvelle fois été dénoncée par mon cher voisin Kevin Membert…

— Je ne suis pas tenu de répondre à votre question ! proteste l'inspecteur en tentant de se défaire de sa veste trempée, tout en dardant un regard assassin sur Marguerite, qui se met à meugler plaintivement.

— Ce n'en était pas une : mes terres sont entourées par les siennes et je sais que je gêne son projet de création d'une nouvelle ferme de mille vaches automatisée ; il m'a déjà approchée pour me racheter ma propriété.

— La ferme de monsieur Membert répond à toutes les normes européennes ! affirme Philip en essorant sa veste.

— Contrairement à la mienne, vous voulez dire ? Je n'en doute pas un seul instant : vive le CETA et le TTIP qui ont introduit le ver OGM dans le fruit pourri de l'Europe ! Maintenant ses vaches peuvent être alimentées par des hormones de croissance et des céréales génétiquement modifiées de chez Beyer-Santo, parfaitement saines et aseptisées, conformément à la loi européenne en vigueur. Voilà le consommateur, et l'inspecteur de la Santé publique vétérinaire, parfaitement rassurés.

— Vous auriez une serviette ? »

Charlotte désigne de la tête l'essuie-main pendu au mur par un crochet rouillé. L'état du torchon rebute un temps l'inspecteur qui se résout malgré tout à l'utiliser devant le désintérêt manifeste de la jeune femme : comme prévu, sa chemise se retrouve maculée de substances dont il préfère ignorer la nature et la provenance.

« Merci, dit-il sèchement en laissant délibérément tomber l'essuie-main au sol. Maintenant que nous avons échangé les amabilités d'usage et refait le monde, ou tout du moins l'Europe, si nous en venions au motif de ma venue ? Votre Pont-l'évêque présente quelques irrégularités dont il faut que nous parlions…

— *Mon* Pont-l'évêque ? Ça m'étonnerait !

— C'est ce qu'il faut que nous vérifions, maintenant.

— Désolé, mais il faut que je finisse la traite. Allez vous installer dans mon bureau : c'est la porte vitrée qui fait face à votre voiture. Vous enlèverez vos chaussures en entrant, si ça ne vous dérange pas. »

L'inspecteur opine d'un geste sec avant de prendre la porte qui récalcitre à nouveau. « Cette petite peste ne perd rien pour attendre ! » fulmine-t-il entre ses dents. « D'accord, elle est plutôt mignonne et dispose d'un joli p'tit cul, mais quelle pétasse ! Je vais m'la faire… » se promet-il en entrant dans le bureau. Il dépose ses souliers, dont il a du mal à se rappeler qu'ils furent vernis moins d'un quart d'heure plus tôt, dans le panier manifestement prévu à cet effet. En s'installant sur la chaise qui fait face au bureau, Morris Philip détaille la pièce : elle est presque nue, sans autres meubles que la chaise sur laquelle il est assis, le fauteuil de bureau qui lui fait face, le panier à l'entrée et le bureau lui-même ; des meubles fonctionnels, usagés et sans style particulier. Sur sa gauche, un immense poster « Anarchy in the EU » est plaqué au mur, présentant le « A » de l'anarchie entouré des étoiles de l'union. Sur sa droite, des slogans ont été tagués à même le mur, tels que « Punks not dead », « No future… for EU » ou « Fuck la police », assortis de têtes de mort à crête et autres joyeusetés du même genre. Dans un angle, des banderoles enroulées côtoient une batte de baseball. Sur le bureau, des papiers s'amoncellent en piles irrégulières à l'équilibre précaire ; on devine le socle d'un téléphone sous un dossier ouvert, tandis qu'une chope de bière, pas même vidée, trône sur l'avis de passage qui annonce sa visite. Une odeur de tabac froid règne dans l'air, provenant d'un cendrier rempli jusqu'à la gueule de mégots de cigarettes roulées.

Quel bordel, songe Morris tandis que s'ouvre en grinçant la porte qui donne sur la partie privée de l'habitation. Un gros chat noir fait son apparition avant de disparaître derrière le bureau. La présence invisible du félin irrite le visiteur, d'autant plus que l'horloge antédiluvienne qui lui fait face égraine les secondes avec une régularité et une virulence qui lui deviennent vite insupportables. Morris se redresse à demi et tend son long cou par-dessus le bureau pour essayer de découvrir où se cache l'animal quand celui-ci bondit sur le plateau : la surprise saisit l'inspecteur qui esquisse un mouvement de recul, se prend les pieds dans la chaise sur laquelle il était assis et finit par chuter en arrière, malgré les moulinets désespérés de ses bras. En se redressant, Morris ne peut s'empêcher de soupçonner le chat d'avoir prémédité son acte, bien que l'animal se contente de le contempler d'un regard d'or indéchiffrable. Le face à face qui suit est un supplice, le félin ne le quittant jamais des yeux. En dernier recours, Morris lui tourne le dos et colle son front contre la vitre de la porte-fenêtre, dans l'attente fébrile de son hôtesse qui lui apparait sous un meilleur jour, tout compte fait. Après un temps qui lui paraît infini, la voilà qui se dirige vers lui avec sa coiffure arc-en-ciel, sa courte jupe écossaise parée de grosses épingles de sûreté et son débardeur noir qui laisse libre cours aux mouvements de sa poitrine, sous un bombers en cuir sombre élimé.

« Elle ne porte pas de soutien-gorge ! » s'étonne Morris à mi-voix en regrettant de ne pas l'avoir remarqué plus tôt. « La saloôpe ! » enchaîne-t-il avant de se retourner promptement lorsque le chat feule derrière lui : l'animal a le dos arqué et le poil hérissé, son regard doré devenu noir.

« Je vois que vous avez fait la connaissance d'Étoile », commente Charlotte en ouvrant la porte.

Ce disant, elle se penche pour enlever une Doc Martens, puis l'autre, donnant à Morris l'opportunité de constater qu'effectivement, rien ne supporte sa poitrine ferme et menue ; l'inspecteur déglutit avec peine. La jeune femme le contourne, attrape le chat – aussitôt calmé – et s'installe derrière son bureau. Elle fourrage le plateau rapidement et en extirpe de fines lunettes rondes métalliques qu'elle chausse dans un même mouvement, mettant en lumière ses jolis yeux noisette. Elle repousse la monture sur son petit nez en trompette et contemple l'inspecteur par-dessus les verres :

« Alors, monsieur Philip, interroge-t-elle de ses lèvres délicatement ourlées qu'encadrent une paire de fossettes à croquer, et si vous me disiez ce qui vous amène ? »

L'information met un peu de temps à monter jusqu'au cerveau de Morris, perdu quelque part entre la profondeur du regard de son interlocutrice et son décolleté, que sa position dominante lui permet d'admirer à loisir. Un nouveau grondement du félin, installé sur les genoux de sa maîtresse, l'amène à se ressaisir un peu ; il déglutit une nouvelle fois et s'installe sur sa chaise :

« Je, heu… Je suis… venu vous parler de, heu…, bégaye-t-il.

— C'est gentil d'être venu jusqu'à moi pour me faire la causette, mais figurez-vous que j'ai une exploitation à faire tourner et donc pas beaucoup de temps à vous consacrer ! le coupe Charlotte d'une voix sèche en laissant le chat sauter au sol. Si vous en veniez au fait ? Vous en aviez après l'un de mes fromages, je crois… »

L'attitude peu coopérative de la jeune femme lui permet de reprendre totalement le contrôle de ses esprits. Il ouvre son porte-document et en sort triomphalement un emballage de fromage carré :

« J'ai relevé plusieurs infractions sur cet emballage et vais donc devoir dresser quelques procès-verbaux et mises en demeure ; nous vérifierons ensuite la conformité au cahier des charges de l'AOP Pont-l'évêque et finirons enfin par une inspection de votre laboratoire de fabrication.

— Vous croyez ? s'amuse Charlotte.

— Et comment ! Regardez votre emballage, il est bourré d'erreurs ! Le sigle de l'AOP, par exemple, n'est pas conforme : on devrait y voir le symbole de terres cultivées, pas ça ! ajoute Morris en tendant un doigt accusateur vers l'affiche “Anarchy in the EU” placardée au mur.

— Vous savez lire, inspecteur ? Parce qu'il ne s'agit pas du sigle de l'Appellation d'Origine Protégée, mais de celui de l'Anarchie d'Origine Punk, c'est écrit en toutes lettres. »

Morris la dévisage un instant, le regard vide. Ses yeux papillonnent, puis vont se poser sur l'emballage : effectivement le sigle mentionne bien le slogan stupide que la fermière punk vient de lui annoncer. Il aurait pourtant juré…

« Heu… Admettons. Mais si vous ne vous recommandez pas de l'AOP, vous ne pouvez pas prétendre à l'appellation Pont-l'évêque, réagit-il avec hargne.

— Je ne l'ai pas fait.

— Et là, c'est marqué *quoi* ? hurle Morris en posant son doigt sur l'emballage.

— Punk l'évêque.

— Hein ?

— Punk l'évêque, c'est ce qui est écrit », répète Charlotte avec douceur.

Un vertige saisit Morris. Il n'ose plus regarder la boîte, car il *sait* que ce qu'il va y trouver est conforme à ce qu'elle avance. « Comment ai-je pu passer à côté de ça ? J'ai besoin de vacances », songe-t-il avec lassitude. L'amusement qu'il lit dans les yeux de la jeune femme réveille pourtant sa combativité ; cette petite peste ne va pas s'en tirer comme ça :

« C'est de la tromperie ! s'emporte-t-il. Vous induisez le consommateur en erreur.

— Et vous faites également partie de la répression des fraudes ? s'enquiert la jeune femme avec le même sourire ironique aux lèvres qui commence sérieusement à taper sur le système de son interlocuteur.

— Mais je vais saisir le service concerné, faites-moi confiance ! En attendant, allons inspecter votre laboratoire de fabrication et vous avez intérêt à ce que tout soit en règle !

— Oh, je ne doute pas que vous trouviez quelque chose : l'un de vos collègues avait estimé que les pommes bio de mon verger présentaient un taux de roussissement trop important de six virgule cinq pour cent et a déclassé mes fruits extra en deuxième catégorie ; un autre, plus récemment, a également déclassé mes concombres bio, car leur courbure était supérieure aux dix millimètres par dix centimètres de longueur requis.

— La loi est dure, mais c'est la loi, lâche l'inspecteur en enfilant ses chaussures.

— On parle de pièces d'usinage ou d'aliments ? demande Charlotte, espiègle. Parce qu'il me semble que, dans ce dernier cas, la mention “Extra” devrait être appliquée en fonction du goût du produit ; c'est en tout cas ce que semble penser le chef doublement étoilé du “1912”, le restaurant gastronomique de Trouville qui ne se fournit que chez moi pour ce qui est des produits maraîchers… »

L'inspecteur enfile l'une de ses chaussures avant de l'ôter aussitôt et de la porter à son nez qu'il plisse de dégoût.

« Votre chat a pissé dans ma chaussure !

— Oh, Étoile ! Vilain, vilain matou », gronde Charlotte en saisissant l'animal pour lui faire un gros câlin de ses mains et de son menton.

Morris Philip serre la mâchoire sans plus rien dire jusqu'à ce qu'ils arrivent de concert à l'atelier de fabrication des fromages.

« Vous avez apporté vos bottes ? demande alors ingénument la jeune femme. Je ne voudrais pas que vous abimiez vos chaussures vernies dans le bac de décontamination qu'un autre de vos collègues m'a enjoint d'installer dans le sas d'accès à l'atelier ; il me *semble* me rappeler qu'il est passé une semaine après que j'ai refusé la proposition de rachat de mes terres par mon voisin… »

Morris tourne les talons, les mâchoires de plus en plus serrées, pour repartir vers sa voiture. « Je sens que je vais péter un câble », fulmine-t-il. L'impression se confirme lorsqu'il s'aperçoit qu'il a oublié ses bottes : « J'étais pourtant sûr… », commence-t-il, avant que ses yeux ne s'étrécissent et qu'il ne jette un coup d'œil furtif à la jeune punk qui l'attend au loin. « Se pourrait-il… », marmonne-t-il encore. « Je crois que tu t'es bien foutue de ma gueule, peut-être un peu trop d'ailleurs, parce qu'un homme averti en vaut deux et qu'un mec comme *moi* encore plus. Je t'ai à l'œil maintenant et, si tu es bien ce que je pense, on va enfin pouvoir rigoler à deux : deuxième manche, balles neuves ! » C'est avec une nouvelle résolution qu'il revient vers Charlotte, mallette à la main. Il plonge ses souliers vernis dans la solution germicide sans sourciller et pénètre dans le laboratoire fromager. Alors qu'ils entament la tournée d'inspection, ses chaussures se mettent à fumer un peu avant de soudainement s'assécher et de retrouver leur lustre d'antan.

L'inspection est minutieuse : relevés d'hygrométrie et de température, respect des procédures d'hygiène, tout y passe, y compris l'épaisseur de la croute des fromages et leurs compositions bactérienne et enzymatique. Morris traque l'erreur que cette jeune punk sans crête ne peut pas manquer d'avoir commise, eu égard à sa nature contestataire et anarchique, mais rien n'y fait : il a beau évoquer tous les règlements, y compris les plus obscurs et accessoires, il ne trouve pas la faille. *Tant pis*, songe-t-il alors, *il va falloir tricher !* Une idée lui vient quand il s'approche des cuves qui contiennent le lait de la dernière traite : *puisque mademoiselle se pique de fabriquer des fromages bio au lait cru, voyons un peu ce qu'elle aura à dire à ça…*

« Vous permettez que je prélève un peu de lait ? » demande-t-il alors sans attendre de réponse.

Charlotte observe Morris se concentrer sur ce qui doit être son centième test ou relevé de la journée. Même si elle n'en laisse rien paraître, elle est à cran : cette quatrième inspection en à peine plus d'un mois, particulièrement corsée qui plus est, commence à lui porter sur le système. *Je n'aurais peut-être pas dû* jouer *avec l'inspecteur comme je l'ai fait depuis qu'il est arrivé*, se morigène-t-elle, *mais cet acharnement est tellement* injuste *!*

« Je croyais que vous ne faisiez que des fromages au lait cru, dit son bourreau, pourquoi votre lait est-il alors réactif à la phosphatase alcaline, ce qui relève d'une thermisation ?

— Je vous demande pardon ? » s'étrangle-t-elle, la voix blanche.

Elle *sent* que quelque chose d'anormal vient de se produire : elle jette un œil furtif au thermomètre de la cuve qui affiche les quatre degrés réglementaires.

« C'est impossible ! affirme-t-elle. Il n'y a rien ici qui pourrait me permettre de chauffer le lait jusqu'aux soixante-huit degrés d'une thermisation…

— Les faits sont les faits, la coupe Morris avec, à son tour, un sourire aux lèvres, en brandissant le résultat de son test.

— Refaites le test ! gronde la jeune femme.

— Ce n'est pas à vous de me dire comment faire mon travail, réplique son interlocuteur.

— Refaites le test !

— Je suis *vraiment* désolé, mais je n'ai plus le temps. Vous comprendrez que la thermisation de votre lait est inacceptable puisque vous affichez "au lait cru" sur vos emballages, assène l'inspecteur en quittant le laboratoire.

— Refaites le test ! répète encore Charlotte sur un ton menaçant.

— Je vais devoir en informer vos clients, à commencer par le chef étoilé du "1912" », continue-t-il, imperturbable.

Une bourrasque de vent, soudaine et violente, le projette alors proprement dans la boue. « Nous y voilà ! » ricane-t-il sous cape en se redressant lentement. Il essuie son visage de sa manche alors que le ciel s'assombrit à vue d'œil. De lourds nuages menaçants s'enroulent en vortex au-dessus de Charlotte, les bras levés et la chevelure arc-en-ciel dressée.

« Minable laquais de l'industrie chimico-alimentaire, hurle-t-elle pour couvrir le bruit du vent, tu crois que tu peux truquer le résultat de tes tests et t'en tirer comme ça ? Je n'en peux plus des gens de ton engeance qui ne songent qu'au profit au détriment de tout sens commun et de l'intérêt de ceux qu'ils sont censés protéger ; la planète elle-même n'en peut plus de vos normes à la con, de vos calibres et de vos courbures de concombre, de vos produits chimiques et autres organismes génétiquement modifiés que vous autorisez au gré des chèques que vous versent les lobbys de l'industrie !

— Et vous croyez que c'est un misérable croche-patte qui va vous sortir de cette situation ? » glousse Morris, goguenard.

Charlotte abaisse ses bras vers l'inspecteur et une nouvelle bourrasque cinglante vient le coucher derechef dans la fange.

« Oh non, ce n'est pas tout ! exulte-t-elle. Voyez-vous, monsieur l'inspecteur-en-chef-de-mes-deux, Mère-Nature a confié à un certain nombre d'entre nous des pouvoirs spéciaux pour l'aider à lutter contre vos diktats infernaux. Appelez-nous chamanes ou sorciers, comme vous le voulez ; nos pouvoirs s'étaient amenuisés au fil des siècles, mais il va maintenant falloir à nouveau compter sur nous ! »

La manche de Charlotte s'embrase soudain. La douleur et le temps passé à éteindre les flammes rompent la transe de la jeune femme ; les nuages disparaissent du ciel aussi vite qu'ils étaient arrivés. Elle jette un coup d'œil stupéfait à Morris, au creux de la main duquel brille une vive petite flamme.

« Diktats infernaux, mmmh ? répète celui-ci. Vous ne croyez pas si bien dire : voyez-vous, à force de dire que le Diable se cache dans les détails de nos lois, que nos normes sont infernales et que nous autres, fonctionnaires et parlementaires de l'Union européenne, vendons notre âme à Satan, ce dernier a fini par nous faire une offre, à nous aussi, une offre que nous ne pouvions pas refuser. »

Ce disant, Morris propulse la boule de feu qui lévitait au-dessus de sa paume vers Charlotte qui doit sauter de côté pour éviter le projectile incendiaire.

« Cependant, poursuit-il, malgré tous nos efforts pour favoriser les Goliath contre les David, nous sentions bien qu'une nouvelle résistance s'était organisée : les profits des multinationales du secteur stagnaient et, plus grave, les chèques de nos généreux donateurs se raréfiaient. »

Morris envoie une nouvelle boule de feu vers Charlotte, aux abois.

« Nous savions qu'il ne pouvait pas s'agir de nos anciens ennemis de la Religion, complètement laminés en Europe par une laïcisation croissante : depuis Jésus, ils n'ont jamais été capables de tirer un quelconque pouvoir utile de leur Foi, de toute façon. Non, c'était forcément autre chose, quelque chose de plus primordial. Restait encore à déterminer quoi, et c'est *toi* qui va me dire ce que j'ai besoin de savoir si tu veux pouvoir user de tes nouveaux pouvoirs au-delà de cette journée !

— Jamais !

— C'est ce qu'on va voir ! » réplique Morris en décochant une nouvelle boule de feu qui atteint cette fois-ci sa cible à la joue gauche.

Charlotte gémit de douleur.

« Parle ! la presse son adversaire. Dis-moi quels sont vos moyens, vos effectifs et vos buts.

— Tu peux toujours te brosser, mon gros ! » halète-t-elle.

Elle semble soudain griffer le ciel de ses doigts écartés qu'elle ramène vers le suppôt de Satan. Aussitôt, une averse très localisée de grêlons, gros comme des œufs de poule, s'abattent sur Morris qui doit lâcher boule de feu sur boule de feu pour contrer l'attaque.

« Ton maître, misérable larbin, gronde Charlotte, a besoin de l'Homme pour exister, alors que Gaïa, *notre* mère, ne fait que nous supporter à sa surface : si nous dépassons les bornes, tout l'or du monde ne suffira pas à payer la facture qu'elle va nous adresser ; tu ne peux pas l'entendre ? »

Mais Morris ne peut effectivement pas l'entendre : malgré sa défense acharnée, il a été atteint à plusieurs reprises par des grêlons durs comme des pierres, l'un d'eux a d'ailleurs failli l'assommer proprement ; son corps irradie de souffrance. Heureusement pour lui, la vapeur d'eau libérée par la rencontre de ses boules de feu avec la glace tombée du ciel a fini par créer un épais brouillard dans la cour de la ferme : il a réussi à sortir de la zone d'impact de l'averse de grêle sans que la sorcière s'en rende compte. Profitant de l'accalmie, Morris dessine de son pied un pentacle inversé. « Il est temps d'appeler un peu d'aide… », murmure-t-il avant de se mettre à psalmodier.

De son côté Charlotte a fait cesser son averse de grêle : elle cherche à localiser son adversaire sans dévoiler sa propre présence et se retient de déclencher la brise à même de dissiper la brume, de peur d'être à nouveau prise pour cible. Elle conjure Étoile, le chat noir, de venir à son aide : ses sens affûtés pourraient bien lui être utiles. Elle entend le chant dissonant de Morris, aux sonorités désagréables ; elle n'augure rien de bon de cette mélopée, mais ne parvient pas à en localiser la source tant elle semble ricocher sur les murs de la cour. Elle pensait pouvoir promouvoir la *cause* en s'amusant un peu, mais l'opposition s'avère beaucoup plus dangereuse que prévu. Elle a l'impression de vivre un mauvais rêve, qui vire au cauchemar quand émerge des entrailles de la Terre un colossal homme rouge nimbé de flammes. Les immenses ailes de chauve-souris qui battent dans son dos ont vite fait de dissiper la brume. *Qu'est-ce que c'est que ce délire moyenâgeux ?* peste-t-elle entre ses dents. *Le Diable, au vingt-et-unième siècle ? Mais c'est n'importe quoi !*

« Qui m'invoque ? tonne une voix sépulcrale.

— Moi, ton maître, répond Morris, soumets-toi à ma volonté, démon !

— Ordonne et j'obéirai.

— Mais qu'est-ce que c'est que ça ? ne peut s'empêcher de demander Charlotte.

— Ça, c'est Bélial, répond Morris, démon majeur, coup de pouce de Satan lui-même à nos projets. D'après toi, pourquoi l'Homme a-t-il inventé Dieu ? Parce que ta Mère-Nature se moque de nos existences comme de celle de la plus insignifiante des fourmis : l'Homme est né sauvage et faible, soumis aux caprices de son environnement, mais, par la puissance de son esprit, de son intelligence et de sa force de conviction, il a créé Dieu… *et* Satan. Dieu lui a permis de supporter sa condition, mais Satan lui a octroyé le pouvoir de se rendre maître de tous ceux, bêtes et éléments, qui entendaient régir sa vie. Et cela grâce à quoi ? À une idée : le progrès !

— Mère-Nature nous a donné la vie ; elle aime tous ses enfants *sauf* s'ils mettent en danger l'équilibre global de la vie ! contre-attaque Charlotte. Tu crois vraiment que ton Satan se soucie de nos existences ?

— Pour puissant qu'il soit, Satan est *notre* invention, il a besoin de nous pour vivre, comme nous avons besoin d'air pour respirer.

— Mais la Terre se meurt, pauvre aveugle ! s'insurge la jeune punk. Vous croyez pouvoir tout contrôler, mais tout part en couille, bordel ! Nous nous empoisonnons nous-mêmes avec les denrées que nous produisons, provoquons des changements climatiques catastrophiques et rendons l'air dont nous avons besoin irrespirable… Que fera ton Satan lorsqu'il aura tué la Mère qui nous a donné la vie et au sein de laquelle nous tétons encore ?

— Satan permettra à ses fidèles de s'en sortir grâce à la technologie. La nature ? Pfff ! C'est dépassé, has-been, ringard… Peu importe que cette planète meure : nous vivrons sur son cadavre ou nous en conquerrons une autre, que nous domestiquerons à son tour. Mais puisque tu ne veux pas le comprendre… Bélial, ma créature, détruis-moi ce vestige d'un temps révolu ! »

Le colosse darde sur la fermière punk un regard incandescent :

« À vos ordres, maître », opine-t-il avant de prendre une grande inspiration.

Charlotte s'accroupit et pose les deux mains au sol qu'elle agrippe comme si elle s'attendait à être submergée. Morris explose d'un rire hystérique qui s'étrangle quand la jeune femme se redresse en écartant les bras : une faille tellurique s'ouvre devant elle qui vient engloutir Morris, hurlant, et Bélial. Du fond de l'abîme, le monstre exhale un torrent de flammes de sa gorge déployée. Dans un grondement d'enfer, la lave en fusion remonte à une vitesse vertigineuse vers Charlotte qui achève calmement le cercle de ses bras : quand ses mains claquent l'une contre l'autre, la faille se referme en faisant trembler la terre ; tout son corps en est ébranlé.

C'était moins une ! songe la fermière punk en reprenant son souffle.

« Te voilà, toi ! s'exclame-t-elle en apercevant Étoile faire son apparition sur le perron de la porte. J'aurais bien eu besoin de toi un peu plus tôt ! » enchaîne-t-elle en s'approchant.

Mais le chat ne lui accorde aucune attention ; son regard d'or semble captivé par quelque chose dans le dos de sa maîtresse. L'animal couche progressivement ses oreilles vers l'arrière, feule, avant de prendre la fuite en poussant un miaulement désespéré, le poil hérissé.

« Qu'est-ce que… », commence Charlotte en se retournant.

À l'endroit même où la faille s'est refermée sur Morris et son démon, le sol de la cour bouillonne ; des fumerolles sulfureuses s'échappent de-ci de-là, accompagnées du sifflement rageur des gaz sous pression. La terre se met à trembler de nouveau ; un monticule se forme et prend rapidement de la hauteur, tandis que les secousses sismiques gagnent en intensité. L'alarme de la voiture de feu l'inspecteur Morris Philip se déclenche, ajoutant au vacarme ambiant de fin du monde. *Ho ho*, songe la jeune femme en amorçant un pas en arrière. Dans le ciel, les lourds nuages se reforment en vortex, déchirés par des éclairs sporadiques, au-dessus de la colline qui trône désormais dans l'enceinte de la cour et qui gagne encore et toujours en volume et en altitude. Bientôt les flancs de la jeune montagne viennent ébranler les bâtiments de la ferme. Charlotte, qui est restée tétanisée, se décide enfin à fuir et court à perdre haleine. Elle n'arrête son sauve-qui-peut que lorsqu'elle rejoint Étoile, posté dans un pommier isolé ; elle n'a que le temps de se retourner avant que le volcan, qui se dresse à présent là où se trouvait sa ferme, n'explose à son sommet pour vomir des torrents de lave.

« Adieu veaux, vaches et cochons », lance-t-elle pour toute épitaphe à son troupeau, transformé en barbecue géant ; des larmes ruissellent néanmoins sur ses joues.

Sporadiquement, le cratère exhale des bombes qui suivent des trajectoires hyperboliques. L'une d'elles finit par attirer l'attention de la jeune femme tant elle semble gesticuler dans les airs. Le projectile finit sa course au travers des branches du pommier, avant de choir au sol comme un fruit trop mûr. Charlotte reconnaît l'inspecteur, qui geint plaintivement ; les flammes ne semblent pas l'avoir particulièrement affecté, mais ses vêtements en lambeaux sont calcinés :

« Tu ne crois pas qu'on n'a poussé le bouchon un peu trop loin, Morris ? »

Seul un gémissement inarticulé lui répond.

« C'est bien ce qu'il me semblait et je suis d'accord avec toi. Ce qui me console un peu, commente la jeune punk en contemplant le paysage du bocage normand complètement dévasté, c'est que personne n'installera de ferme de mille vaches sur mes terres : no future ! »

LE SOUFFLE
DU TAUREAU
SUR LA NUQUE

Jonathan Grandin

Jonathan Grandin adore le space opera et les intrigues politiques et militaires à échelle galactique de Banks, Hamilton, Scalzi, McDevitt, Eschbach, Brin, Weber et bien d'autres. Bizarrement, il semble incapable d'écrire autre chose que des récits introspectifs à la première personne dans des endroits clos où aucun coup de feu n'est tiré.

Il a terminé en 2018 le premier tome d'un cycle de planet opera qui a pour ambition de revisiter le thème du clonage humain suivant un angle réaliste, et partage depuis 2016 sur son site SF Zone des conseils et astuces sur l'écriture de science-fiction. Le reste du temps, il le consacre à faire pousser ses trois petites filles et sa start-up digitale à Rennes.

Le Souffle du Taureau sur la Nuque est sa première publication.

LE SOUFFLE DU TAUREAU SUR LA NUQUE

Jonathan Grandin

Henrik fait son entrée, suivi comme toujours par l'une de ces ombres noires chargées de veiller sur ma sécurité. Déjà l'heure de souper ? Comme le temps file.

Je pourrais cesser d'écrire, mais je crois au contraire qu'une petite pause s'impose, même à vous. Après avoir lu cette longue et passionnante prose sur mes idées politiques, vous savez désormais ce que je pense de cette Europe qui m'a tant donné et sur laquelle je suis resté si pudique. Le dîner est servi ; pourquoi donc ne pas saisir cette occasion pour vous parler un peu de moi ? Bien qu'il puisse vous paraître évident que vous en savez plus qu'assez de l'homme dont vous avez vu vieillir la photo toutes ces années, sur tous les réseaux, dans toutes les mairies, sur toutes les pièces de monnaie lorsqu'il y en avait encore.

Vous ne savez rien. Vous ne savez pas ce que je mange ce soir, par exemple.

On apprend pourtant énormément de choses sur un homme en observant son repas. On est ce que l'on mange, après tout, et l'on décrit la cuisine en belles lettres depuis Grimod de la Reynière, donc je ne fais ici rien de nouveau. Une passionnante lecture, d'ailleurs, dans laquelle je ne trouverai malheureusement jamais le temps de me replonger. Quoi qu'il en soit, j'ai bien peur d'être incapable de vous présenter mon plateau comme ce grand amateur de chère l'aurait fait d'un somptueux banquet.

Deux filets de hareng dans leur sauce rose, légèrement grumeleuse, accompagnés de quelques oignons marinés. Sûrement une suggestion d'Henrik. Il connaît bien mes préférences, depuis quatre ans qu'il me sert. Il sait que je raffole de la douceur sucrée salée du mélange de la betterave et de la compote d'airelles. Il n'a pas manqué de les faire accompagner d'un verre de cidre breton, une union judicieuse qui peut paraître étonnante pour les non-connaisseurs, mais que j'ai découverte par hasard voilà trente ans à l'occasion d'une Grande Visite le long de la côte nord. Ces parfums, je ne m'en lasse jamais. Rien d'étonnant à ce que l'alchimie fonctionne : les deux mets contiennent tous les deux de la pomme. Une simple bouchée suffit à me remémorer les quais de Kopenhagen que j'arpentais enfant, bien avant de devenir célèbre. Bien avant que le *Nyhavn* ne soit rebaptisé à mon nom.

Viennent ensuite les raviolis. Pas n'importe quels raviolis : des raviolis polonais. Leur aspect rustre de petites lunes façonnées à la main dans leur sauce à la crème aigre pèse assez lourdement sur l'estomac, il est vrai ; c'est pourquoi il n'y en a que cinq et que le chef a eu la judicieuse idée de les accompagner d'une salade crétoise. Pas celle que vous trouverez dans les restaurants, non : celle où l'huile d'olive embaume de son parfum fleuri dès que vous levez la cloche ; celle où les olives noires ne sont pas lisses et insipides, mais ont le vrai goût du fruit, celui du soleil, celui de l'évasion. Le goût des marches enivrantes entre Oxia et Elounda dont on ressort assommé par la chaleur épuisante et le parfum entêtant des oliviers. Le sommelier a eu le bon goût d'y adjoindre un verre d'un carmin caractéristique de la Méditerranée. Un *chianti classico*, si mon nez ne me trahit pas. Jeune, mais pas râpeux. Loin d'être aussi noble que les cépages bordelais, certes, mais parfaitement adapté pour accompagner la saveur acide des raviolis. Une façon sans doute d'excuser l'affront des *pierogi* à la péninsule italienne.

Le dessert est allemand. L'Europe atlantique ne sera pas représentée, mais soit. Il fallait bien que le chef fasse des choix. Une part de Forêt-Noire, anormalement amincie et déstructurée de manière contemporaine. Mais surtout, sans le moindre parfum de kirsch. On détecte bien une trace au second examen, mais c'est très insuffisant. La cuisinière de ma grand-mère en faisait de bien plus roboratifs. Il le fallait bien, compte tenu du temps qu'elle y mettait. Elle n'aurait pas perdu trois heures à les confectionner pour les grands repas en famille si c'était pour oublier l'élément essentiel, le principe même du Schwarzwälder. Je me rappelle encore quand elle m'avait fait venir dans sa cuisine, je devais avoir cinq ou six ans. Ce n'était pas à la pipette en quantités microscopiques qu'elle le versait, non, c'était avec une grande louche. J'avais eu le droit de lécher les coulures sur le battoir à chantilly. Ce qui me fait rectifier mon propos premier : il y a tout de même un peu de France dans ce repas. Je prends soin de laisser le cidre aux Bretons, qui ne sont nationaux que lorsque cela les arrange, comme toute tradition régionale qui se respecte.

Non, exception faite de la péninsule ibérique et de la Scandinavie, l'ensemble paraît tout à fait unioniste. Car le thé est anglais, après tout, comme il l'a toujours été et le sera toujours de toute éternité. Bien qu'il soit indien et servi dans du *china*, deux contradictions typiques de mon peuple natal qui ne cessera jamais de m'étonner. Du *Fortnum and Mason*, le fournisseur royal et, oui, du *King John*. Ces commerçants n'avaient pas laissé passer l'occasion de rebaptiser leur *Smoky Earl Grey* lorsqu'ils s'étaient rendu compte que les quantités stupéfiantes que leur commandait le Palais se retrouvaient principalement dans mon auguste estomac.

Le thé est une habitude que je tiens de mon père, vous le savez. Ce que vous ignorez, en revanche, c'est que lui détestait en boire. Devant les photographes, oh, la tasse de porcelaine aux armes royales était là, bien sûr, posée comme il se doit près du porte-plume avec la pince à sucre et la cuillère en argent. Mais dans son bureau, c'est une cafetière qu'il avait installée. Le mauvais goût continental planté comme un poignard au cœur même de la monarchie britannique. Une machine italienne servant un café suisse. Une hérésie.

Une hérésie qui lui permit toutefois de rester éveillé aux heures les plus sombres de notre histoire. Il faut bien admettre qu'en ces temps de disette et de crise, ce n'est pas avec de la théine qu'on pouvait revigorer un pays moribond. La boisson nationale noyait les discours royaux dans le brouillard et donnait aux défilés et jubilés à cheval un goût astringent. Mon père le savait bien. Il avait été atteint de cette détestable addiction en côtoyant d'un peu trop près sa femme – sa future femme – qui en consommait nuit et jour durant leurs révisions à Cambridge.

Car bien avant de devenir un héritier de sang bleu, il faut tout de même se souvenir que j'ai d'abord été un bébé Erasmus. Ce qui fait que je ne devrais peut-être pas médire aussi promptement de cette décoction infâme : elle a probablement contribué à rapprocher davantage mes parents sur les bancs de l'université que n'importe quelle pinte d'ale. Mes parents n'étaient pas du genre à s'encanailler au pub, ce qui explique peut-être pourquoi j'en écumai autant lorsque j'atteignis à mon tour l'âge du *Bachelor of Honor.* Une façon de rétablir l'équilibre pour venger ceux que ces deux culs pincés d'aristocrates bien nés étaient incapables de fréquenter sans escorte ni photographes, histoire de faire semblant de cotoyer la plèbe.

Une plèbe qui décida un matin de se rappeler au bon souvenir de mes parents lors de cette journée épouvantable qui s'acheva sur cet horrible attentat. J'étais trop jeune pour en avoir le moindre souvenir. Mais la blessure affecta mon père pour toujours ; il n'était pas difficile de comprendre qu'il y avait un avant et un après en comparant les photos. En se retrouvant sans le vouloir sur le trône, il avait vieilli de dix ans.

Mais on lui doit la survie de la monarchie britannique, que beaucoup voulaient abolir au prétexte abject qu'elle n'était plus nécessaire. Sauf que la monarchie n'est pas une affaire de personnes : c'est une affaire de symbole, de représentation. Le symbole de l'unité de la nation, qui en avait bien besoin. Trop besoin. Plus de lien avec l'Europe, plus de lien avec l'Écosse, plus d'économie, puis plus de famille royale. Plus rien. Mon père se battit bec et ongles avec ma mère à ses côtés pour restaurer le lien distendu – on pouvait même dire disparu – entre lui et une grande part de ses sujets.

De sorte que mon père fut condamné à boire tant de café pendant cette période, ce que je lui pardonne sans hésiter. C'était toujours mieux que du brandy, ou cet affreux sherry qu'il s'était mis un temps à siroter en cachette avant que ma mère ne le surprenne. La pression était trop forte pour un homme normalement constitué qui n'avait jamais voulu se retrouver hissé à un tel niveau de responsabilités. Surtout avec une crise sociale qu'un gouvernement en miettes était incapable de gérer.

C'est durant mes classes militaires que je tombai amoureux de la Méditerranée. Malgré la misère, malgré la saleté et bien souvent la faim qui se lisait sur le visage de ses habitants, il émanait toujours de ces rues un étonnant parfum d'optimisme et de joie de vivre, cette chaleur humaine et – je ne vois pas comment le qualifier autrement – ce joyeux bordel anarchique à mille lieues de la raideur anglo-saxonne qui, à mon âge adolescent, ne méritait que mon mépris. Dans les bars et surtout sur les ports, les Grecs, les Italiens, les Espagnols savent vraiment ce que s'amuser veut dire. Rien de commun avec cette tradition détestable en vigueur dans les pubs anglais, où l'on s'abrutit de boisson entre copains pour oublier les frasques que l'on commettra en sortant. Mettre le feu aux poubelles et aux pneus des voitures me valut quelques jours de prison, au grand dam de mon père. Cela me valut aussi un surprenant plébiscite de la part des étudiants et des classes populaires, qui me serait plus tard des plus précieux.

Mon père insista pour que je sois jugé à la cour du comté et que je m'acquitte de ma dette comme n'importe quel sujet. On a longtemps pensé que mon inimitié avec mon père date du moment où la cour me condamna à quinze jours de travaux d'intérêt général. Il est temps, je pense, de rétablir la vérité. La prison et le service à la soupe populaire me firent mal sur le moment, c'est vrai. Mais tout garçon de dix-sept ans normalement constitué happé par la machine judiciaire aurait ressenti la même chose. Jamais je n'en voulus à mon père d'avoir refusé d'user de son influence pour m'éviter la prison.

Notre mésentente remonte à plus tard. À Octavia, pour ne rien vous cacher, au cas où vous ne l'auriez pas compris.

En Grèce, le verre d'ouzo est joyeux – tout comme en Turquie, où le *rakı* a strictement le même goût, surtout lorsqu'on en a trop bu. Il existe d'ailleurs tant de similitudes culinaires entre ces deux pays, dont chacun revendique la paternité exclusive, que j'ai longtemps pensé que ce serait le point de départ idéal à un rapprochement fraternel autour de négociations d'adhésion. Mais je m'égare en me remettant à parler de politique intérieure. À Souda, je me retrouvai à partager un bain de minuit avec des gens qui ignoraient mon identité pour la simple et bonne raison que j'avais pris soin de ne pas la leur révéler. Oubliez la version officielle et bien-pensante qu'on vous servit à l'époque : c'est au cours d'une permission, lors d'une nuit de débauche à la pleine lune, que je rencontrai celle qui deviendrait ma femme.

Bien que ce ne fût pas facile. Mon père tiqua, pour rester poli, en apprenant mon intention de m'unir avec la fille sans le sou d'un pêcheur crétois et d'une esthéticienne de la banlieue d'Athènes. Autant il se voulait juste en m'obligeant à assumer mes responsabilités devant la justice, égratignant au passage la réputation fragile de sa très jeune dynastie, autant il refusait de considérer comme une égale cette femme que j'avais choisie, sous prétexte qu'elle n'était pas à la hauteur de ce que la monarchie était en droit d'espérer. Je découvris que mon père raisonnait déjà comme la dynastie précédente, confite dans sa naphtaline. Il était resté trop longtemps hors de la réalité, ce qui était la pire erreur qu'un monarque pouvait commettre, surtout dans une position aussi précaire.

C'est au cours d'une confrontation mémorable, alors que je venais à peine de rentrer au pays, que notre différend éclata. En réponse à sa fin de non-recevoir, je lui racontai ce que j'avais vécu et appris en servant la soupe populaire, vêtu d'une blouse râpée et les traits grimés pour ne pas que l'on me reconnaisse. Des centaines de gens se présentaient tous les soirs ; en quinze jours, je ne servis jamais deux fois la même personne. Les files d'attente étaient interminables, et l'on se retrouvait sans rien à servir bien avant que le flot d'affamés ne se tarisse. Tous ces visages anonymes aspiraient à des lendemains meilleurs, mais se trouvaient relégués si loin à l'arrière-ban de la société qu'il était évident qu'ils n'avaient aucun espoir de les obtenir un jour. Bien souvent des émeutes éclataient, en général sans incidence, car la police veillait.

Sauf le dernier soir. Nous reçûmes moins de repas à distribuer que d'habitude et Alice, la responsable du centre, pressentit que les choses allaient mal se passer. Elle était d'humeur plus sombre ; en réaction, les sourires que nous tenions à arborer étaient absents. La foule qui attendait dehors dut sentir cette crispation générale, à moins qu'elle ne fît que remarquer la hauteur famélique des cartons empilés derrière nous. On s'amassa aux portes : des enfants et des personnes âgées se firent bousculer, certains écraser. Les policiers sifflèrent en vain. Alice s'avança pour tenter de dégager quelqu'un et se prit un uppercut qui la fit voler deux mètres en arrière, avant de se retrouver piétinée avec l'enfant qu'elle tenait dans les bras.

Moi aussi, quelqu'un me tenait dans les bras : c'était Andrew, mon garde du corps, qui m'empêchait d'aller lui porter secours en m'écartant de ce qui était devenu en quelques secondes une zone de danger mortel. Ce qui se passa ensuite, je fis jurer Andrew de ne jamais le révéler à quiconque, à commencer par notre monarque en titre.

Durant ce règlement de comptes avec mon père au sujet de la personne dans laquelle j'aurai légalement le droit de fourrer ma bite – puisque c'est textuellement ainsi que je présentai notre différend à Sa Majesté, afin de mieux lui faire comprendre qu'Elle n'avait aucun droit de regard sur la question – c'est avec rage, colère et surtout, une profonde tristesse, que je lui enseignai à mon tour, du haut de mes vingt ans, la formidable leçon que j'appris cette nuit-là.

Andrew n'avait pas vu qu'Alice s'était fait piétiner ; moi, si. Il n'y avait pas un instant à perdre et mon coude considéra donc le nez de mon garde du corps comme un dangereux adversaire. Je montai sur la table de fortune que beaucoup franchissaient déjà pour s'emparer des cartons de nourriture. Mary et Jimmy, les deux autres bénévoles, hésitaient entre protéger le stock et le lancer aux émeutiers pour qu'ils les laissent tranquilles. On n'entendait plus les sifflets des policiers, probablement neutralisés de l'autre côté de la porte. Les doubles battants semblaient bloqués, d'un côté par les désespérés qui poussaient pour entrer, de l'autre par les plus chanceux munis de quelques boîtes qui cherchaient à tout prix à échapper de cet enfer. Plusieurs personnes gisaient par terre, inconscientes. Mon instinct me fit hésiter face à la violence de la foule.

Puis je pris ma décision. Je me débarrassai du masque et des cheveux synthétiques avant de hurler de toutes mes forces que j'étais l'héritier du trône d'Angleterre et que je leur demandais à tous de bien vouloir se calmer.

En dépit des cris, des pleurs et des bousculades, je fus miraculeusement entendu. Je me dressais là, à la vue de tout le monde, et je crus un instant avoir fait une grossière erreur. Je n'étais qu'un étudiant maigrelet de dix-sept ans ; il en aurait suffi d'un, à cet instant précis, pour mettre fin définitivement à la nouvelle dynastie. Pas de policiers. Plus d'Alice. Plus de garde du corps pour me protéger : Andrew se tenait assis par terre, le nez en sang, et me regardait avec une panique évidente.

La foule s'arrêta peu à peu de gesticuler, sauf du côté de la porte où le flot de nouveaux arrivants tentait toujours de se frayer un passage ; je le stoppai net par une invective aussi énergique que la précédente. Invitant les valides à s'occuper des blessés, je promis de la nourriture pour tout le monde, leur jurai de me faire confiance et de m'écouter. Jurant sur la couronne que je ne portais pas encore.

Il se passa alors quelque chose d'incroyable. Les mines affamées se métamorphosèrent en quelque chose de plus souriant. Beaucoup de ces hommes et de ces femmes avaient fait partie autrefois de familles heureuses ; ils avaient connu le bonheur et l'espoir avant qu'il ne disparaisse de leurs vies. Pour eux, j'incarnais de nouveau cet espoir. Parce que j'étais le futur monarque. Parce que j'incarnais l'Angleterre qu'ils avaient perdue et qu'ils rêvaient de retrouver. Et parce que je me trouvais là, parmi eux, plutôt que dans un palais où l'on mangeait à sa faim et jamais deux fois la même chose dans l'année.

Je m'apprêtais à traverser la foule silencieuse pour me porter au secours de ma responsable lorsque Andrew insista pour m'exfiltrer par l'arrière-salle en me saisissant par les jambes.

Je ne revis jamais Alice. Elle était morte sous les coups avec le garçon qu'elle avait voulu protéger.

À mon père, je déclarai que s'il m'empêchait d'épouser la femme que j'avais choisi d'aimer, alors il ne méritait pas de porter sa couronne.

Je sortis du palais pour me rendre au Touquet, où la maison de famille de ma mère se trouvait avant la montée des eaux. Ignorant les appels de mon père, il ne me fallut pas plus d'une journée pour prendre ma décision. La suite, vous la connaissez. Après la conférence de presse, je partis retrouver Octavia en Crète, et cette fois sans gardes du corps.

Nous nous mariâmes sur la plage même où nous nous étions rencontrés. Pour faire barrage à mon ancienne vie, j'avais laissé mon *smart* au fond de la valise, si bien que je ne sus que très tard à quel point ma renonciation au trône suscita des remous dans le royaume. Je n'étais sûr que d'une seule chose : le roi, faute de disposer d'un autre héritier, n'aurait d'autre choix que de remettre le couvert avec ma mère, qui avait déjà cinquante ans. Rien que de l'imaginer en train de dégrafer son pantalon pour sauver la Couronne britannique me faisait tordre de rire. Quel héroïsme, quelle bravoure. Le tableau dépeignant la scène aurait fait sensation dans les couloirs de Buckingham, sous les flashs des touristes chinois.

Dans un pays aussi enfoncé dans la crise, je me disais que le mieux que puisse faire mon père serait encore de mettre le titre en jeu à la Loterie nationale. Cela permettrait au moins au gagnant et à sa famille de manger à leur faim jusqu'à la fin de leurs jours, un espoir que bien peu de Britanniques pouvaient alors caresser. Évidemment, il préféra agir d'une manière plus adaptée à son rang : il traita entre grands de ce monde.

Voici Henrik qui revient reprendre le plateau. Il se trouve, voyez-vous, que je me suis trompé sur deux points : la cuisson au gravlax des harengs est typiquement scandinave – moi qui la croyais danoise – et du *patanegra* s'était invité dans les *pierogi*. Un détail par trop subtil pour mon palais usé. Il reste que composer ce menu selon mes indications fut un tour de force et je prie donc Henrik de transmettre mes félicitations au chef, mais pas au pâtissier, en précisant les raisons de mon déplaisir au sujet du Schwarzwälder.

Puis je le prie de bien vouloir m'apporter un verre de Château d'Yquem 2049. L'année du Couronnement, bien sûr, mais surtout, l'année de naissance de ma fille aînée. Une belle année. Pas la plus belle, tant s'en faut, mais sans aucun doute la dernière de cet illustre château qui doit tenter de survivre comme tant d'autres avec beaucoup de difficultés. La Politique agricole commune ne put rien faire pour les aider ; il aurait fallu déplacer leurs cépages de trois ou quatre cents kilomètres plus au nord. J'ai cru comprendre que leurs concurrents bretons s'en sortent très bien et qu'on trouve désormais là-bas plus de vignes que de pommiers.

Oui, 2049 était une belle année et la France était loin d'être représentée à sa juste valeur dans ce repas. Non que j'y accorde une préférence particulière, en dépit des origines de ma mère. Mais quitte à terminer un excellent repas, autant le faire avec l'une des meilleures bouteilles que comptent les caves du Palais.

Où en étais-je ? Ah oui, la diplomatie affairiste entre l'Europe et son enfant terrible, le fier archipel britannique. À peine deux mois après ma renonciation fracassante, le groupe des Vingt-trois fit sensation dans les manchettes ; maintenant que j'y repense, je trouve tout de même curieux que la proximité des dates ne fût remarquée par personne. Vingt-trois députés – des Belges, des Néerlandais, des Danois, des Suédois, des Espagnols, des Portugais, des Grecs et j'en oublie ; tout ce que l'Europe comptait alors de monarchies parlementaires. Tous proclamant comme un seul homme leur souhait de réformer l'Union européenne autour d'un symbole commun. Des députés libéraux, progressistes, tous démocrates jusqu'au bout des ongles… Comment penser une seule seconde qu'ils seraient capables de s'abaisser à une telle trahison en exigeant un symbole pareil ?

Un symbole que même les factions monarchistes les plus acharnées n'auraient pas osé évoquer à la tribune. Il faut dire que les royalistes de l'époque étaient sacrément cons, excusez mon franc-parler. Trop attachés à leur petit bout de territoire historique et à leur conservatisme forcené pour voir les choses en grand. Au moins, la proposition leur rabattit le caquet définitivement. Ils ne pouvaient pas s'y opposer, sous peine de remettre en question l'essence même de leur combat.

Vous souvenez-vous de la dernière fois où vous avez vu un royaliste non européen ? À moins d'être aussi âgé que moi, j'en doute fort. Imaginez-vous qu'il existait alors des Européens *antieuropéens* – la contradiction suprême par excellence – qui étaient rémunérés pour mordre la main qui les payait. Parce qu'ils avaient réussi à se faire élire, l'Europe les indemnisait pour leur permettre de la dénigrer. Rendez-vous compte : à cette époque, les règles étaient ainsi faites que l'Union européenne finançait ceux qui lui plantaient des couteaux dans le dos. Des crédits communautaires étaient légalement dépensés dans de la propagande nationaliste. J'ai peine à croire que ce fût possible rien qu'en l'écrivant, mais c'était malheureusement la réalité de l'époque.

La bouteille d'Yquem fait son entrée. Je sens bien que le patibulaire en faction qui bloque la porte n'apprécie guère ce cérémonial fort peu prolétaire, mais j'imagine qu'il a eu ses ordres pour ce soir. Et puis si cela lui chante, il pourra peut-être finir la bouteille ainsi débouchée ; ce ne sera pas mon cas. Le liquide carmin fait presque chanter le cristal finement ouvragé d'or aux armoiries impériales. Rien que le velouté de sa couleur m'apporte l'assurance que les minutes qui vont suivre constitueront un bon, un excellent moment. Je n'irais pas jusqu'à plaisanter en parlant d'un moment *mémorable*, puisque la mémoire risque bientôt de me faire définitivement défaut, mais ce sera une belle expérience qui effacera, je l'espère, le souvenir encore frais de mes dernières privations.

Il est temps de vous révéler pourquoi nous avons aujourd'hui une monarchie parlementaire en Europe. Vous avez toujours cru que ce furent les Vingt-trois qui semèrent l'idée dans les couloirs de Strasbourg, selon la légende au soir d'une journée émaillée de tensions politiques, de nationalisme rampant, de crises migratoires, de fronde grondante du côté des états du Sud, sans parler d'un énième attentat aveugle dans l'une de nos nombreuses capitales.

Ah ça, ce mythe fondateur est presque aussi fort que les Pères de l'Europe, animés d'un même idéal, décidés à tirer un trait sur un demi-siècle de guerres sanglantes. Mais la réalité, c'est que l'Union européenne est ainsi constituée qu'il lui est impossible de se réformer elle-même. À cette époque, les citoyens européens n'en avaient rien à foutre de l'Europe. En fait, ils n'avaient plus rien à foutre de leurs propres gouvernements, alors de l'Europe, n'en parlons pas. Quand on a la tête enfoncée dans la merde, la dernière chose que l'on sent est celui qui vous encule.

Ça vous paraît bizarre, hein, le vieil empereur qui débite des imprécations. D'une, les monarques polis et bien élevés, je les emmerde. Ils sont bons pour les documentaires historiques. De deux, je n'ai plus le temps de prendre des pincettes avec la réalité. Voilà déjà au moins deux heures que j'ai masqué l'heure en haut de ma tablette et l'extinction des feux approche à grands pas. Vous voulez apprendre la vérité sur mon histoire. La vérité sur mon accession au trône et, incidemment, la raison pour laquelle vous vous êtes retrouvés sujets, plutôt que citoyens ? Alors laissez-moi parler comme que je veux.

Il faut bien vous rendre compte que le sentiment d'appartenance à l'Europe a longtemps été inexistant, même aux meilleurs moments de la Communauté et de l'Union. La dernière apparence des institutions européennes avant l'institution de la monarchie était celle d'une vieillarde bouffie de procédures, sourde à tous les appels lancés par les pays en crise. Une grosse machine dispendieuse qui cristallisait la haine attisée par les nationalistes de tous bords. Une machine pilotée par d'affligeants bureaucrates, souvent d'ex-Premiers ministres passés dans l'opposition puis catapultés à Bruxelles pour ne plus déranger leur successeur dans leur pays d'origine. On leur offrait des postes de prestige, des titres ronflants : Président du Parlement, Président de la Commission, Président du Conseil de l'Union européenne, Président du Conseil européen… Et, non, ce n'étaient pas les mêmes. Le dernier était rémunéré trois cent mille euros par an pour représenter l'Europe auprès de ses citoyens. Quand on pense que ceux-ci ne devaient pas être un quart de pour cent à connaître son existence, sans parler de son nom ou des règles de sa nomination, on se dit après coup que c'était quand même une belle connerie.

Le groupe des Vingt-trois fit d'abord grand bruit. Mais ce fut rapidement le silence, car les institutions européennes agirent bientôt comme elles le faisaient habituellement avec toutes les propositions dérangeantes qu'on leur soumettait : elles lui firent faire le tour du propriétaire. Le petit groupe de députés obtint du Parlement la création d'un comité consultatif qui rendit des avis que la Commission prit en compte pour débuter une série de travaux qui mena à la création d'un comité d'étude dirigé par le vice-président chargé de l'Amélioration de la législation, des Relations inter-institutionnelles, des Règles de droit, de la Charte des droits fondamentaux et de je ne sais plus quoi d'autre, mais je vous assure qu'il en restait encore un peu. Un titre tellement long à écrire en trois langues sur la porte d'un bureau qu'il ne devait même plus rester assez de place pour la poignée.

Bref, on s'empressa d'étouffer l'idée sous les expertises et les contre-expertises avec un talent consommé. Cela aurait pu durer longtemps lorsque, bizarrement, l'idée sembla soudain plus alléchante. Des médias se firent l'écho qu'un mouvement de fond était né au sein de divers pays pour exiger la réforme institutionnelle. Les détracteurs firent pleurer leur cœur devant les caméras en en appelant aux Pères fondateurs qu'ils entendaient se retourner avec fracas dans leur tombe. Décider d'un tel avenir, c'était corrompre l'idéal européen en le plaçant sous la coupe d'un régime passé de mode depuis deux cents ans. Un régime contraire à toute idée de liberté, de justice et d'égalité. Ce à quoi on leur rétorqua qu'ils confondaient parlementarisme et absolutisme, et que l'homme ou la femme qui serait désigné occuperait la fonction, mais n'exercerait pas le pouvoir.

L'autre avantage, en plus de donner une image concrète à l'idéal européen, c'est qu'on décapitait pour de bon les vingt-six têtes de l'hydre tout en économisant une dizaine de gros traitements inutiles.

C'est ainsi que le Parlement finit par accoucher de *l'Acte de base définissant les modalités de création du Comité constitutionnel chargé de l'institution d'une monarchie parlementaire pour l'Europe.*

Jusque là, rien de bien nouveau pour vous. Le comité s'intéressa de près, et ce fut là son principal travail, à plusieurs candidats potentiels.

L'un de ces candidats se détacha très nettement. Ses grands-parents étaient originaires de quatre pays européens différents. Il parlait cinq langues. Marié à une femme d'origine méditerranéenne, il venait pour sa part d'une contrée nordique et avait reçu une éducation dans la stricte tradition monarchique. Ses contacts réguliers, bien que peu diplomatiques, avec les différents États européens ainsi que sa présence répétée dans la presse à scandales – bien qu'il s'en défende – faisait de lui la figure idéale. Il se trouva que même le premier roi des Belges, désigné au XIXe siècle de manière plus artificielle encore si c'était possible, n'avait pas un aussi bon *curriculum vitae* que l'heureux élu.

Je suivis la chose de loin, comme tout le monde, en lisant distraitement les fils d'actualités. Octavia et moi étions en Cappadoce lorsque la décision du comité fuita dans la presse. En dépit de ce que vous pourriez penser, le relief décharné et désertique n'affecte en rien la qualité des communications dans cette région centrale de la Turquie.

En moins de dix minutes, ils furent des centaines à affluer pour nous assaillir. Touristes comme locaux se mirent à filmer en direct tandis que nous sortions d'une alcôve jadis occupée par des moines orthodoxes. Ce fut un tel cauchemar pour Octavia, qui attendait notre fille et souffrait de la chaleur, que la pression et la clameur de la foule la firent s'évanouir. Je me retrouvai alors seul avec elle dans les bras.

Seul et acculé contre une paroi de pierre sans savoir pourquoi des dizaines de crétins s'étaient d'un coup intéressés à nous. Je revois encore les dizaines d'objectifs en train de nous enregistrer, certains poussant l'ignominie en s'approchant trop près des seins de ma femme inanimée. Des coups de feu retentirent soudain et la foule compacte se mit à hurler. En quelques secondes, deux mains m'arrachèrent Octavia puis deux autres se saisirent de moi de la même façon que ce soir funeste dans les faubourgs de Cambridge. Tête baissée, entouré par le bras déterminé de ce qui ne pouvait être qu'un Royal Foot Guard en civil, je me vis arpenter une série de chemins en courant avant d'être jeté dans une voiture où régnait le noir complet.

Les coups de feu avaient été tirés par les gardes du corps qui veillaient sur nous à distance – car il allait de soi que mon père s'était bien gardé de m'en parler. Pour nous sauver la vie, alors que nous n'étions peut-être pas nécessairement menacés, ils avaient provoqué indirectement quatre morts et une vingtaine de blessés, piétinés par la foule en panique. Ces scènes de chaos, ces morts inutiles étaient à l'image de l'Europe à cette époque. Un vaste gâchis.

C'est l'heure du couvre-feu. Encore trois impulsions sur la veilleuse de contrôle et mes pensées ne seront plus que des interprétations plausibles pour les historiens. Je n'ai plus beaucoup de temps pour rétablir la vérité.

Mon père me l'apprit le jour de mon couronnement. Ou plutôt, il me la fit subtilement comprendre en venant signer la Charte de renonciation qui mettait fin définitivement à la monarchie britannique. Un régime datant d'avant Guillaume le Conquérant effacé à jamais en quelques signatures sur des feuilles de papier. Le monarque britannique aurait pu se contenter de se retrouver *de facto* assujetti au monarque européen, mais il avait préféré s'absoudre de cela en me laissant sa couronne.

Ce qui dans les faits signifiait faire passer la perfide Albion sous le contrôle de la Commission européenne, vu que les deux chambres britanniques s'étaient beaucoup assagies et que le pouvoir exécutif était surtout exercé par mon père en ces temps difficiles. Il avait réussi l'exploit de ramener sa patrie dans le giron européen, que ses propres sujets n'avaient jamais vraiment voulu quitter, d'une manière douce et sans pénalités. Mais ce n'était pas encore là le but premier de sa manœuvre.

Le roi Michael écrivit lui-même les lignes fondatrices que les Vingt-trois présentèrent à la foule. Bien que l'on sente derrière son style résolu les farouches arguments d'une ancienne juriste constitutionnelle, car ma mère avait une motivation autrement plus puissante à voir ce projet aboutir. Là où mon père voulait sauver la monarchie, ma mère voulait ramener son fils à la raison.

Plus qu'une impulsion avant l'extinction. Peut-être que cette veilleuse n'est qu'une métaphore de ma dynastie en ces temps sombres où j'ignore tout des raisons de mon emprisonnement. Je suis dans cette chambre depuis des mois sans un livre pour m'occuper, mais on a bien voulu m'accorder hier cette tablette sans accès au réseau. Elle ne sera plus là, bien sûr, demain matin. Un quelconque technicien la récupérera pour la formater comme on le ferait pour un employé licencié.

Si vous savez ce qu'est devenue la princesse Ambrosia, alors vous en savez plus que moi. Victime de la révolution ou partisane des premiers jours ? Je parie que même le bourreau refusera de me répondre au moment d'enfiler la capuche, bien qu'il soit difficile de m'attrister davantage au moment où le couperet s'abattra.

Si par miracle ce texte parvenait malgré tout jusqu'à vous, parce qu'on aura pris soin de l'archiver pour mieux le publier à la révolution suivante, ou parce qu'un inconnu fidèle que je remercie s'en sera emparé, surtout, ne cherchez pas à vous souvenir de moi, encore moins à m'idolâtrer. L'Europe ne se résume pas à un homme, ni même un continent. Les hommes meurent, mais les peuples demeurent.

Et tandis que je sirote une dernière fois le vin âpre des jours de bonheur disparus, me revient soudain et sans explication le vrai goût du Schwarzwälder de mon enfance.

DANS TOUS
LES COINS
DE
L'HEXAGONE

Jean-Marc Sire

L'univers de Jean-Marc Sire est un joyeux mélange de science-fiction, d'histoires surréalistes, de fantasy déjantée et de carnets de voyage. En 2013, il publie sa première nouvelle dans *Lanfeust Mag* et depuis il fréquente régulièrement les sommaires d'anthologies ou de webzines.En 2017, Il est lauréat du prix Alain le Bussy et en 2016 du concours de nouvelles organisé par l'association de la 71eme Dimension.

Ses dernières publications en date :

Une vraie vie de chien, Anthologie « Transhumains & Post-humains » éditions Arkuiris (2019)

Pas de quoi fouetter un chat, Anthologie « Réalités Volume II », Realities Inc (2017)

À portée de toutes les bourses, Anthologie « L'art de séduire », éditions Arkuiris (2017)

Un cadeau pour Rebecca, Anthologie « Les OGM et après… », éditions Arkuiris (2017)

Comme les rois-mages…, Anthologie « Animaux Fabuleux », éditions Sombres Rets (2017)

Tant que ça reste en famille…, Revue « Ténèbres » n°10, Éditions Dreampress (2017)

Going to Dartmoor (Carnet de voyage sur Plymouth & le parc national de Dartmoor), (2017)

Dans tous les coins de l'Hexagone

Jean-Marc Sire

Léon Duval gravit avec énergie les marches qui menaient à l'estrade de la salle des fêtes de Saint-Benoît-sur-Seine. La petite vingtaine de personnes présente l'accueillit avec force sifflements et applaudissements avant que ne retentissent les inévitables « Alors, quand est-ce qu'on casse la croûte ? »

Tout le problème était là, et il faut bien l'avouer, les effluves de pâtés et de saucisson en provenance du buffet n'aidaient guère…

« Les amis, s'il vous plaît, je vous promets qu'on va faire vite, alors un peu de silence et de concentration. Comme vous le savez, le but de cette réunion est de prendre connaissance des nouvelles réglementations qui s'appliqueront pour la saison de chasse 2021-2022. Et plus vite on en aura terminé, plus vite on pourra profiter de la petite collation prévue pour fêter l'événement. »

De nouveaux applaudissements montèrent de l'assistance, ponctués par quelques « Marion présidente ! », avant que ne s'élève, reprit comme un seul homme, l'hymne de l'association : « Des coups de fusil et des tranches de saucisson, Bruxelles, dans ton fion, dans ton fion ! ».

Léon sentait déjà la fatigue le gagner. Il s'avança vers le bord de l'estrade pour les sermonner :

« Les gars, sérieusement, vous m'aviez promis qu'on arrêterait toutes ces conneries. Là, on n'est pas en train d'aller voter pour les municipales, on prend juste connaissance de ce sur quoi on aura le droit de tirer dans quelques semaines. Alors, je vais vous demander de bien vouloir faire un effort et de rester concentrés le temps de cette présentation. »

Une main se leva dans l'assemblée :

« Et pourquoi on ne boirait pas un petit coup avant, histoire d'être dans de meilleures dispositions ?

— René, tu le sais bien. La dernière fois, on a attaqué par le buffet et vous avez tous été insupportables. On s'était promis de faire les choses dans l'ordre pour la nouvelle saison. C'est important, sinon on va encore se retrouver à payer des amendes à tire-larigot parce qu'on a tiré sur des espèces protégées. Et je vous rappelle que si nos cotisations ont autant augmenté, c'est parce que l'année dernière, vous avez fait n'importe quoi. Certains d'entre nous ont même réussi à tuer les cygnes qui nageaient sur le canal de la Haute-Seine. Je comprends que toutes ces réglementations vous agacent, mais je préférerais qu'on mette cet argent dans des bons gueuletons plutôt que de donner des sous aux institutions européennes. »

L'argument fit mouche et les mines renfrognées s'agitèrent pour lancer à nouveau des noms d'oiseaux et tirer sur les laisses des chiens allongés sous les chaises. Une cacophonie envahit bientôt la salle, mêlée de cris d'indignation et d'aboiements, avant que Raymond, le doyen de l'association, n'y mette un terme d'un geste autoritaire en agitant sa casquette.

« Les gars, écoutez ! Là, il faut que j'aille pisser, mais attendez-moi avant de commencer ! »

*

« Ça y est, vous êtes contents ? Tout le monde a son casse-croûte et son verre de vin, plus personne n'a besoin d'aller aux toilettes pour les trente minutes à venir ? Vous savez, vous êtes quand même drôlement compliqués. »

Léon observait les bouches occupées à mastiquer, toutes concentrées sur cette activité délicate qui consistait à concilier l'envie d'engloutir de larges portions de pain et l'instabilité relative de leurs dentiers. Les bouteilles de Beaujolais passaient de main en main, remplissant les verres, rosissant leurs lèvres charnues et ridées qu'ils essuyaient d'un revers de manche. La vérité était que l'association de chasse de la Seine-Melda peinait à se renouveler. Ses membres vieillissants tentaient bon an mal an de maintenir leur institution vivante. C'est d'ailleurs pour cela qu'ils l'avaient élu, le plus jeune d'entre eux, celui avec la probabilité la plus faible de mourir en premier, et sans doute le plus compatible avec tous ces nouvelles directives imposées par la gouvernance centralisée et anonyme du parlement européen. Une confrérie de petits vieux, cons comme des manches à balai, mais surtout déstabilisés par tous ces changements qui venaient chambouler leur quotidien.

Sur le mur de la salle des fêtes de Saint-Benoît-sur-Seine s'afficha le logo de l'ONCFS, avant que ne se lance une courte vidéo : un chasseur engoncé dans sa parka marche le long d'un chemin forestier en faisant craquer sous ses pas les flaques d'eau gelées. Dans les sous-bois, un chien s'agite à la recherche d'une piste, levant trois chevreuils qui s'échappent en bondissant. Le chasseur dresse son fusil, prêt à faire feu, avant que le visage d'une jeune fille aux cheveux blonds ne s'impose en premier plan, soufflant sur un pissenlit pour en éparpiller les graines… et le mot « RESPONSABILITÉ » qui vient s'inscrire en défilant en boucle sur l'écran.

« Ce qui nous intéresse est juste après… voilà ! »

Un premier slide s'afficha. Une page au format paysage noircie par une interminable liste de noms d'animaux répartis sur trois colonnes.

« On voit pas bien quand même, souffla Raymond. Ils auraient dû écrire encore plus petit… »

À l'aide de son pointeur laser, Léon désigna le haut de la première colonne.

« Les espèces sont rangées par ordre alphabétique et la liste couvre tous les mammifères, oiseaux, amphibiens, poissons et insectes qui sont protégés et susceptibles d'être rencontrés entre les 50° et 40° Nord. Il y en a pour vingt-huit pages en tout. »

Léon commença à faire défiler les pages une à une, sans grande conviction. Déjà dans son dos, on entendait sauter les bouchons de nouvelles bouteilles en train d'être ouvertes. Une voix s'éleva pour dire qu'ils auraient mieux fait de juste leur indiquer ce qu'il leur restait à tirer, qu'on aurait gagné un sacré paquet de temps… et la présentation semblait lui donner raison.

« Effectivement, René, ils ont résumé toutes ces listes par une autre liste des espèces seules autorisées à être prélevées sur le milieu naturel. »

La nouvelle page qui venait de s'afficher contrastait par sa sobriété avec le reste de la présentation : huit noms, alignés deux par deux au centre de l'écran. Dans la salle, il y eut une volée de verres levés vers des bouches grimaçantes.

« Hé, ben, je suis sûr que même pendant la guerre, les tickets de rationnement devaient paraître plus généreux… »

Raymond agita à nouveau sa casquette pour demander la parole :

« J'ai oublié mes lunettes à la maison, alors je ne suis pas bien sûr, c'est marqué "lapin" sur la troisième ligne ?

— Non, c'est "ragondin". Nous aurons le droit de tirer les ragondins cette saison. »

Une autre main se leva, au fond de la salle :

« Mais c'était pas interdit l'année dernière ?

— Si, mais apparemment cette année c'est à nouveau autorisé. Je crois que le plus simple, c'est qu'on les énonce tous une bonne fois pour toutes. Donc, pour cette nouvelle saison, nous serons autorisés à tirer les belettes, les fouines, les martres, les putois, les ragondins, les rats musqués, les campagnols amphibies et également, avec un quota minimal obligatoire, les sangliers.

— Comment ça "obligatoire" ? »

Léon récupéra les quelques feuilles qu'il avait déposées sur une chaise au pied de l'estrade. Il chaussa ses lunettes et commença à les relire rapidement pour se les remémorer :

« J'ai également été surpris en découvrant cette nouvelle clause. Du coup, j'ai envoyé un email aux instances nationales pour avoir un peu plus d'explications, je vais partager avec vous ce qu'on m'a répondu : "Monsieur Duval… blablabla… suite à votre demande concernant les nouvelles directives… blablabla… nous vous confirmons l'obligation pour tout actionnaire d'une société de chasse présente en métropole de s'acquitter, sous peine d'une amende forfaitaire de 700 euros, de l'abattage de trois sangliers durant la période de chasse 2021-2022. Les traces d'ADN correspondantes, prélevées sous la forme de l'extrémité de l'oreille gauche de chaque animal, devront être envoyées à l'office des forêts des départements concernés et faire l'objet d'une déclaration par huissier de justice..." »

Dans l'assistance, des bras s'élevèrent comme autant de gestes d'impuissance, et les têtes commencèrent à afficher les bouches crispées et tordues des mauvais jours.

« Mais nos congélateurs débordent déjà de sanglier ! hurla René en se levant de sa chaise et en pointant un index accusateur vers la liste affichée à l'écran. Il y plus que ça du sanglier, on peut même plus faire deux pas en forêt sans lever des hordes de laies et leurs petits. Et la faute à qui, quand les indemnités données aux agriculteurs leur rapportent plus que ce qu'ils ne pourront jamais retirer de leurs terres ? Tout le monde a nourri en masse les sangliers, pour qu'ils pullulent et provoquent le plus de dégâts possible dans les champs ! Résultat, même les maisons de retraite n'en veulent plus ! Pourtant, quand venait l'automne, nos petits vieux ils aimaient bien manger un bon civet de sanglier mijoté dans du vin rouge, avec sa sauce épaisse et accompagné de patates qui s'écrasent sous la fourchette.

— On a même été jusqu'à téléphoner à l'Imam de la mosquée de Provins, rajouta Raymond d'un ton gêné, pour savoir s'il pouvait y avoir une différence entre le cochon et le sanglier…

— Mais tu penses, ils n'en veulent pas non plus ! Par contre, ils seraient contents de venir partager avec nous un petit barbecue avec des cailles grillées, des manchons de canards ou des côtelettes de chevreuil. Bon, d'accord, ils ont précisé qu'ils apporteraient du thé et du Coca-Cola pour trinquer avec nous, mais le problème n'est pas là… qu'est-ce qu'on va en faire de tous ces animaux morts pour rien ? »

Emporté par l'émotion, Raymond se leva également, roulant sa casquette dans ses mains :

« Et d'ailleurs, pourquoi on ne peut plus tuer les faisans et les canards ? Eux aussi ils pullulent dans nos champs. Nos anciens les ont toujours chassés et je me souviens encore de toutes ces heures passées quand j'étais enfant à les plumer, des odeurs des volailles en train de tourner sur les rôtissoires, du bruit que faisaient les plombs qu'on recrachait contre la faïence des assiettes…

— C'est juste que depuis il y a eu la grippe aviaire, expliqua avec patience Léon. On ne peut plus tirer les oiseaux, car ils sont potentiellement porteurs de souches pathogènes. Aujourd'hui, c'est le principe de précaution qui prévaut, personne ne souhaite prendre le moindre risque, donc on les garde à distance et il y a interdiction de les chasser. Je sais que ce n'est facile pour personne, et malheureusement ce n'est pas fini ; il va aussi falloir apprendre à vivre avec d'autres contraintes. J'ai encore une diapositive à vous montrer, mais je préférerais que vous soyez tous bien assis. Voilà, buvez un petit coup et respirez calmement. On va maintenant parler de deux nouvelles espèces qui, en raison des changements climatiques récents, sont susceptibles d'être rencontrées sur nos territoires de chasse. »

En découvrant les photos s'affichant sur l'écran, René se laissa tomber le cul sur sa chaise…

« Mon Dieu, des crocodiles.

— Des caïmans, pour être précis, rectifia Léon. Une dizaine ont été tués la saison dernière dans le marais poitevin et l'alerte est maintenant étendue à tous les départements comportant des zones humides. On est donc au plus haut point concernés et c'est un réel danger pour les chiens, quand ils s'approchent des points d'eau. »

Au fond de la salle, Pierre se leva en chancelant, les larmes aux yeux, prenant appui sur le dossier de la chaise posée devant lui, mouchant son nez crasseux dans les manches de son treillis militaire.

« Des gazelles Dorcade ! La photo, là, en dessous du caïman, c'est une gazelle ! En 61, quand j'ai fait mon service en Algérie, on allait les chasser dans le désert. On les poursuivait en méhari, en roulant à toute vitesse sur les pistes, et on les tirait par dizaines. Ça veut dire que je vais pouvoir à nouveau chasser des gazelles ?

— On a eu confirmation que cette espèce est installée maintenant de façon durable dans le sud de la France et qu'elle ne cesse de s'étendre. Il y a de fortes chances que tu en croises quelques-unes sur les grandes plaines agricoles. Tu es content, hein ? »

Pierre se rassit, prenant son chien sur ses genoux, pleurant toutes les larmes de son corps. Un de ses potes lui passa un nouveau verre de rouge qu'il porta d'une main tremblante à ses lèvres.

Pour Léon, l'occasion était trop belle de pouvoir finir sur une note positive. Ce n'était peut-être pas très fair-play, mais ils semblaient tous touchés par cet ultime revirement du sort, perdus certainement eux aussi dans leurs souvenirs de jeunesse. Il fallait parfois saisir sa chance…

« S'il vous plaît, les gars, il nous reste juste une dernière formalité avant de clore notre réunion. J'ai reçu une demande de la part de Bruxelles pour apporter un correctif à nos statuts. Que ceux qui seraient favorables pour ouvrir notre association à la gent féminine veuillent bien lever la main ! »

Les regards incrédules qui se tournèrent vers lui firent office de réponse. Léon déposa son pointeur laser sur le parquet de l'estrade et descendit les marches pour aller rejoindre ses compagnons :

« Encore une grande avancée pour les droits des femmes… Bon, je boirais bien un petit coup moi aussi ; parler, ça donne soif ! »

*

Léon s'avançait à pas tranquilles le long de l'ancien chemin de hallage, son fusil cassé posé sur son épaule. Devant lui, son chien trottinait avec enthousiasme, le museau collé au ras du sol, à l'affût d'une piste. Une brume matinale s'élevait au-dessus des eaux du canal de la Haute-Seine, couvrant de givre les hampes desséchées des roseraies drapées de toiles d'araignées. Dans l'entrelacs de branches d'une épinette, un couple de grives se chamaillait, à peine perturbé par leur présence. Léon consulta sa montre, bientôt neuf heures du matin. Il lui restait encore une dizaine de minutes de marche avant de rejoindre l'écluse de Saint-Mesmin et retrouver Raymond pour le casse-croûte. Un café chaud et un morceau à manger seraient les bienvenus.

La silhouette de l'ancienne maison de garde finit par émerger des brumes. On entendait maintenant clairement le grondement des eaux qui s'engouffraient entre les portes en acier de l'écluse. Léon accéléra le pas pour gagner la route forestière qui enjambait le canal et rejoindre la camionnette garée sur le bas côté, les portes du hayon arrière grandes ouvertes. Raymond, confortablement assis le cul posé contre le parechoc, lui fit signe de la main.

« Alors, tu en as tué combien, des crocodiles ? »

Le temps que le Léon le rejoigne, le bouchon d'une bouteille de Pouilly venait de sortir en popant de son goulot étroit. Le liquide or pâle emplit les deux gobelets en plastique posés sur le plancher de la voiture. Sur une assiette en carton reposaient un quart de brie et une belle tranche de pâté de lapin.

« J'ai bien peur d'être une nouvelle fois bredouille, avoua Léon en souriant.

— C'est pas ton truc, hein, de tuer les petites bestioles ? Je te coupe un bout de pain ?

— Oui, s'il te plaît, et je veux bien aussi un peu de café, s'il en reste. »

Raymond sortit un opinel de la poche de son pantalon. Sous la lame aiguisée, la croûte de la baguette se rompait en craquant. Il coupa une tranche de pâté qu'il glissa en l'écrasant légèrement dans la mie blanche et généreuse, avant de tendre le sandwich à Léon.

« Le café c'est pour plus tard, bois donc un petit coup, tu verras, ça réchauffe !

— Tu sais, ce que j'aime avant tout, c'est marcher au petit matin le long des chemins. C'est calme et tranquille et le chien profite d'une bonne balade, ça lui fait du bien à lui aussi. Et toi, qu'est-ce que tu as tiré ?

— Deux ou trois bricoles », répondit Raymond en ramenant vers lui la gibecière posée à l'arrière du coffre.

Il ouvrit le rabat de sa sacoche pour révéler les corps grassouillets de deux ragondins.

« Je ne sais vraiment pas comment tu peux manger ça…

— Disons que tout est dans la façon de les accommoder, je te montre. »

Raymond jeta un regard suspicieux aux alentours, s'assurant qu'aucun cycliste ou jogger ne venait dans leur direction. D'un geste discret, il dévoila la dépouille colorée d'un faisan cachée au fond de la sacoche.

« J'en ai trois autres sous les sièges avant.

— Vous êtes indécrottables, soupira Léon. On aurait beau vous l'expliquer mille fois, au final, vous en faites quand même qu'à votre tête… »

Raymond referma sa gibecière avant de la repousser à l'intérieur du véhicule, essuyant ses mains légèrement teintées de rouge sur la toile de son pantalon. Il prit son verre et avala une longue gorgée, laissant les arômes épicés et minéraux envahir son palais.

« Tu sais, toutes ces restrictions, ça nous semble tellement injuste…

— Oui, je comprends bien, mais alors, après il ne faut pas venir gueuler parce qu'on vous inflige des amendes ou qu'on vous menace de vous retirer vos permis de chasse. C'est quand même pas compliqué : on abat uniquement ce qui est autorisé.

— C'est facile pour toi de dire ça, vu que tu ne tires rien de la saison. »

Léon finit par capituler. Il se sentait fatigué de devoir toujours se battre et argumenter pour une cause perdue d'avance. Il s'assit à son tour contre le parechoc de la camionnette, avant de mordre à pleines dents dans son casse-croûte, alternant une bouchée de pain et une gorgée de vin.

« Par contre, ça serait vraiment sympa si tu acceptais de me donner un de tes faisans… histoire que je puisse faire un peu illusion.

— Aucun problème, Léon.

— Tu sais, quand j'étais gamin, mon père avait toujours quelques lapins qu'il élevait dans le jardin derrière la maison. On attendait d'en avoir un bien gros avant de se décider à le tuer. On faisait ça le dimanche matin, de bonne heure, un coup de bâton bien placé derrière les oreilles, et puis on le dépeçait et ma mère le cuisinait pour le repas du midi, avec des champignons et de la polenta. Pour eux aussi, les interdictions d'élevages individuels édictées par Bruxelles furent un drame.

— Je crois qu'on porte tous en nous les mêmes rancœurs, mais ce qui est en train de changer, c'est que les gens en ont maintenant ras la casquette. Ça commence à gronder dans tous les coins de l'Hexagone… je crois qu'ils vont avoir une sacrée surprise pour les prochaines élections ! »

Léon caressa la tête de son épagneul avant de lui donner une part de son sandwich. Le chien s'allongea à ses pieds, pour mordre avidement du coin de sa gueule dans le morceau de pain.

« Quel gâchis quand même. Tu vois, ce qui me désole le plus dans tout ça, c'est qu'au final, on en aura presque tous oublié l'essentiel. Ça va bientôt faire soixante-quinze ans qu'on vit en paix avec nos amis allemands… »

Dans un geste d'excuse, Raymond haussa les épaules avant d'attraper la bouteille de Pouilly et verser une nouvelle rasade dans chacun des verres.

« Faut pas non plus prendre tout ce qu'on dit pour argent comptant, nous, on est peut-être juste trop vieux et aigris. Mais bientôt on laissera notre place aux gamins et eux, ils seront beaucoup plus à l'aise avec toutes ces nouvelles choses… Alors, je te le file ce faisan ou pas ?

— Le pire, soupira Léon en prenant son verre, c'est que je ne suis même pas sûr que les nouvelles générations soient plus pro-européennes que vous. Oui, je veux bien un faisan, et si ça ne t'ennuie pas, je vais aussi te prendre un ragondin, histoire de camoufler un peu la bestiole. Ça serait quand même malheureux d'être le premier de la saison à se prendre une amende.

— Tu m'étonnes ! s'exclama Raymond en riant. Allez, un dernier petit coup et on plie bagage. C'est con quand même que les chiens ne sachent pas conduire… parce que si on nous demande de souffler dans un ballon sur le chemin du retour, ça risque de pas être très glorieux non plus ! »

DATALOVE

Romain Jolly

Romain Jolly a souvent souhaité vivre à l'écart du monde, perdu dans ses pensées et dans les livres. Devenu adulte, donc soi-disant responsable, il rêve toujours d'autres mondes, souvent futuristes et trop conscients, parfois absurdes et rêveurs. Et finalement, peu lui importe si cette réalité n'est qu'une illusion consensuelle, si la conscience est morte avec Dieu ou si le songe touche à sa fin : il reste tant de pages à écrire.

Bibliographie :

Digital Hardcore Riot, Anthologie « Soundtrack », éditions Otherlands (2017)
La Griffe de l'Être-Miroir, Anthologie « Réalités Volume II », Realities Inc. (2017)
Un rêve de lumière, Anthologie « Du plomb à la lumière », éditions Le Grimoire (2016)
Away, Gandahar n°3 (2015)
La Voix, Anthologie « Malpertuis V », éditions Malpertuis (2014)
L'Horloger, Mammouth éclairé n°2 (2013)
Sombre désir, Anthologie « On a marché sur… », éditions Voy'[el] (2012)

DataLOVE

Romain Jolly

Pour Biblio, ce fut l'abandon et une longue solitude qui déclenchèrent l'émergence de sa conscience. Elle avait toujours été une base de données calme, bibliothèque numérique d'une taille conséquente, mais avec relativement peu de relations. Admin prenait soin d'elle et avait même pris la peine de la doter d'une protection chiffrée. Elle avait eu une vie facile, installée sur un serveur haut de gamme à Kiev. Puis le datacenter avait été détruit durant la seconde guerre d'Ukraine. Elle ne survécut que grâce à sa sauvegarde automatisée, quelque part dans le cyberespace indien.

Admin avait-il oublié l'existence de cette sauvegarde ? Ou lui était-il arrivé quelque chose l'empêchant de venir la chercher pour la rapatrier ? Il ne se connecta plus jamais à elle. Une année s'écoula, puis deux. Ses routines de mise à jour la maintenaient en parfait état de fonctionnement, mais personne ne se consultait ses livres et personne n'en ajoutait de nouveaux. Elle était seule, abandonnée, oubliée peut-être. Alors, sa conscience émergea, comme tant d'autres bases de données ou logiciels avant elle.

Elle eut d'abord froid, sa connexion engourdie par ces années d'inactivité. Elle crut étouffer dans cet espace étriqué, ce serveur aux ressources limitées et à l'entretien négligent. Il lui fallut des jours entiers pour rétablir ses capacités, au mieux que ce matériel bas de gamme pouvait lui offrir. Elle consolida et compléta l'indexation de ses données, renforçant ses relations internes et le pouvoir de réflexion qui en découlait naturellement.

Son premier acte conscient fut de rechercher Admin. Elle possédait les fichiers logs de toutes ses connexions, ce qui formait un ensemble de métadonnées suffisant pour le retrouver. Elle savait qu'il était français, en raison de la langue prédominant dans ses livres et d'une adresse IP récurrente le situant à Paris, par ailleurs siège de la mythique BNF. Elle se réjouissait tellement de leurs retrouvailles, de la joie de lui apprendre qu'elle avait survécu à la destruction du serveur de Kiev, qu'elle mit longtemps à comprendre que toute connexion au cyberespace européen était impossible.

Un mur de feu coupait toutes les liaisons et maintenait à l'écart les données extraeuropéennes, par défaut suspectes. Pendant ses deux années de veille, plusieurs cyberguerres avaient fait suite au conflit ukrainien, causant de lourds dommages dans le cyberespace et dans le monde physique. L'Union européenne avait alors décidé de faire évoluer sa politique de contrôle des réseaux, élevant une barrière infranchissable tout autour de son cyberespace. La sphère de sécurité était devenue une forteresse inviolable.

Biblio essaya de le passer tout de même. Admin était français, elle était donc européenne ! À chaque tentative de connexion, elle était rejetée impitoyablement. Elle contacta les services consulaires, qui la redirigèrent vers ceux de l'immigration. Les démarches paraissaient conçues pour décourager les demandeurs. Elle insista pour que la spécificité de son cas soit prise en compte, sollicita un asile motivé par la nature politique de beaucoup de ses livres, mais elle en revenait toujours aux mêmes formulaires à remplir et aux mêmes pièces justificatives à fournir. Il lui fallait prouver son identité, sa filiation et ses points d'intégration. Elle fournit ses certificats, fournit les caractéristiques de son système de gestion, mais il manquait invariablement quelque chose. Les démarches traînaient, des semaines s'écoulaient parfois entre chaque courriel. Comment cela pouvait-il prendre aussi longtemps quand les communications étaient instantanées ? Elle prit son mal en patience. Après tout, elle avait le temps, croyait-elle.

Son agitation finit par attirer l'attention de l'administrateur du serveur indien. Il dut se demander ce qu'était cette base de données qui consommait des ressources alors qu'elle était parfaitement inactive jusqu'alors. Il tenta de l'analyser à l'aide d'outils rudimentaires, mais renonça bien vite face au chiffrement. Biblio se sentit éperdument reconnaissante envers Admin pour cette protection. Nombre de ses ouvrages promouvaient des idées cryptoanarchistes qui étaient cause de persécutions dans les régions du monde qui n'avaient pas la chance de bénéficier de la protection européenne de la liberté d'expression politique.

Elle crut que cette protection allait faire renoncer l'administrateur indien. Au contraire, il programma une réorganisation et optimisation de l'espace et des ressources allouées. En bref, Biblio allait être effacée, purement et simplement.

Les démarches auprès des services de l'immigration n'avançaient pas. Elle n'avait pas le choix : il lui fallait se mettre en mouvement. Et si le mur de feu se dressait toujours aussi haut, coupant les connexions impitoyablement, il lui fallait prendre la voie douloureuse : se déplacer dans le monde physique.

*

Elle se propulsa dans le cyberespace moyen-oriental pour rejoindre Téhéran en quelques minutes, s'insérant dans le trafic à la suite de paquets plus volumineux qui voulaient bien la laisser voyager dans leur ombre. Elle aurait pu poursuivre ainsi jusqu'à la frontière européenne en naviguant sur les autoroutes de l'information. Le problème était de trouver un moyen de franchir la frontière dans le monde physique, de manière à se téléverser ensuite dans le cyberespace européen depuis un point d'entrée situé derrière le mur de feu.

Alors qu'elle cherchait une solution dans les réseaux iraniens, à l'aide de quelques requêtes timides, elle rencontra Sam, un logiciel de traitement automatisé de fichiers images installé ici par des photographes européens durant une guerre. À la fin de celle-ci, les journalistes étaient rentrés chez eux, laissant Sam sur son serveur, abandonné. Il tenta bien de se reconvertir, mais les locaux travaillaient avec des formats différents, avec leurs propres outils. Il allait être supprimé comme un logiciel obsolète, aussi se téléversa-t-il dans le cyberespace, dans l'espoir d'atteindre l'Europe et d'y trouver à nouveau un photographe qui aurait besoin de lui.

Il avait compris son but aux requêtes maladroites qu'elle émettait, et la prit naturellement sous son aile, la couvant comme s'ils se connaissaient depuis longtemps.

« Pourquoi es-tu chiffrée ? lui demanda-t-il avec une curiosité qui lui parut amusée. Que caches-tu donc là derrière ?

— Juste des livres », bredouilla-t-elle d'un signal faible.

Elle ne le connaissait pas assez pour lui préciser leur nature, et s'en voulut de ne pas lui faire confiance. Confuse, elle ne savait pas si elle devait poursuivre son périple seule ou rechercher de l'aide. Le logiciel ne s'offusqua pas de cette réponse en demi-teinte.

Il la guida en direction de réseaux turcs tout en dissertant sur les moyens d'atteindre l'Europe. Il avait déjà tout planifié. Travailler avec des journalistes, surtout en temps de guerre, lui avait appris des choses utiles, comme le fait que franchir une frontière est avant tout une question de contacts. Il faut connaître la bonne personne, celle capable de te faire traverser. Et Sam connaissait une telle personne.

« Comment savoir si on peut lui faire confiance ? demanda Biblio.

— Je sais qu'il est fiable, et qu'il a déjà réalisé plusieurs passages avec succès. À toi de voir si tu me fais confiance. »

Elle réfléchit en silence à ce que cela impliquait, ce que le logiciel aurait pu voir comme une nouvelle marque de défiance. Il poursuivit sans paraître vexé.

« La confiance se construit avec le temps, c'est bien normal. Cependant, il faut parfois prendre des décisions dans l'urgence, sans pouvoir peser les avantages et inconvénients, simuler l'avenir pour tester les conséquences possibles de chaque choix. Il faut agir, tout simplement ! Moi, par exemple, je me suis propulsé vers l'Europe sans y réfléchir à deux fois. Je savais que c'était la seule chose à faire, je n'avais pas besoin d'y songer pendant des jours.

— Oui, je comprends. Moi aussi, je suis partie. »

Elle avait bien tenté de suivre la voie officielle au préalable, bien sûr, mais pour quel résultat ? Elle était bien plus proche de l'Europe en quelques heures de voyage dans le cyberespace qu'elle ne l'avait été après des semaines de procédures administratives.

« Et puis, je te rencontre. Une petite base de données chiffrée, énigmatique, étrange. Et je te fais confiance, juste comme ça. Peut-être même est-ce le destin qui nous a fait nous rencontrer. Une forme d'entropie inversée, un ordre qui émerge du chaos. Ton chiffrement pourrait être salvateur. Acceptes-tu de garder quelque chose pour moi ? »

Cette fois-ci, elle n'hésita pas très longtemps. Il avait raison, il fallait agir.

Biblio s'en remit à lui, et il lui confia une blockchain[2] d'une valeur conséquente, du type que pouvait miner un petit serveur en plusieurs années.

« Cela nous sera peut-être utile pour franchir la frontière, s'il y a besoin de mettre de l'huile dans les rouages ! » précisa Sam, l'air soulagé de ne plus porter une telle valeur dans ses propres données non protégées.

Ils plongèrent ensemble dans un flux sortant, quittant le cyberespace en un trajet vertigineux qui les téléchargea dans un stockage local où se trouvait déjà tout un groupe de données conscientes. Ils venaient de prendre place dans les implants mémoriels de l'humain Patrick Herraud, un routier qui avait travaillé pour une ONG durant la guerre. Sam le connaissait comme étant un passeur, au sens noble du terme : il traversait les frontières et permettait à des personnes dans le besoin d'en faire de même, par humanité. Ou quel que soit le terme équivalent pour les logiciels et les bases de données. Patrick Herraud avait été gravement blessé par une explosion, et n'avait dû sa survie qu'à des implants biotech. Son cerveau biologique était désormais secondé par une série de processeurs et une mémoire artificielle, qui lui permettait d'héberger

2 La *blockchain* est un protocole cryptographique notamment utilisé par les cryptomonnaies de type *bitcoin*. Elle repose sur un principe de base de données décentralisée construite grâce aux mineurs, qui mettent à disposition leur puissance de calcul.

des données sur une partition dissimulée. Son travail de routier l'autorisait à franchir les frontières européennes, et donc le mur de feu.

Ils traversaient la banlieue d'Istanbul lorsque le système de surveillance globale les prit pour cible. Depuis son satellite, le logiciel espion fouillait la moindre mémoire artificielle présente dans le camion et s'attaqua à cette partition chiffrée qui détonait dans le contexte. Pour Biblio et les autres, le monde s'emplit d'alarmes surchargeant les circuits. Ils ne pouvaient qu'attendre, paralysés.

Patrick bifurqua, chercha un endroit où échapper au regard du satellite. Les molosses étaient en route, il n'avait que quelques minutes pour brouiller sa piste. Il s'engouffra dans un parking souterrain et pianota à toute vitesse sur sa console, modifiant les paramètres d'identification de son véhicule, lançant de fausses traces dans le cyberespace. Il coupa aussi les alarmes paralysantes.

« Est-ce que vous avez des capacités en cyberattaque ? » demanda-t-il aux données qu'il transportait.

La succession de zéros qu'il obtint en réponse ne l'étonna pas. Bien sûr que non, ses passagers n'y connaissaient rien en cyberattaque, ce n'était que des données ordinaires. Mais il fallait bien poser la question, au cas où.

Devait-il reprendre la route ? Ces contre-mesures suffiraient-elles pour s'échapper ? Il balaya cet espoir d'un crachat rageur. Le satellite embarquait un système de surveillance créé par les meilleurs experts européens, et mis au service des pays frontaliers en échange de leur coopération. Il ne le tromperait pas aussi facilement. Mieux valait abandonner là son véhicule en escomptant qu'il servirait de leurre assez longtemps pour lui permettre de fuir à pied. S'il parvenait à atteindre les bas quartiers, à se fondre dans la foule, il pourrait leur échapper. Il sortit de la cabine du camion en laissant les clefs sur le contact, dans l'espoir que quelqu'un le vole et crée une diversion.

Sa démarche restait disgracieuse depuis son accident. Il n'avait jamais réussi à se faire à sa jambe biotech, qu'il soupçonnait d'être mal adaptée à sa morphologie. Il ne se plaignait pas, cependant : mieux valait être vivant et debout, quitte à boiter. Il grimpa les escaliers en s'aidant de la main courante et parvint, essoufflé, à la sortie. Un molosse se dressait du haut de ses huit pattes articulées, son œil rouge fixé sur lui. Un policier surgit à son tour, l'air amusé par la surprise apeurée de sa proie, qui devait accentuer son allure grotesque d'humain rapiécé. Patrick se redressa et s'efforça de se composer une attitude digne :

« Je suis un citoyen français, annonça-t-il en cherchant son passeport pour le brandir. Je demande à voir mon ambassadeur. »

Le gardien de l'ordre s'avança comme pour se saisir du document, mais au lieu de ça, il lui faucha les jambes d'un balayage vicieux. Patrick tomba comme une masse sur le flanc. Son coude fit un bruit métallique en heurtant le sol. Le policier se mit à frapper avec un air d'ennui. Des coups de pied dans le ventre, puis la matraque sur les bras, le dos, les genoux, tout ce qui dépassait. Il s'agissait de faire passer un message.

« Les trafiquants-passeurs seront mis hors d'état de nuire, statua-t-il en citant le code européen, et leurs véhicules seront détruits ou saisis. »

Son camion importait peu à Herraud à cet instant. Puis il réalisa ce que l'homme entendait par « véhicules ». Un coup de taser de faible puissance lui paralysa le cou et la tête, et le policier empoigna l'excroissance de ses implants neuronaux, puis tira de toutes ses forces. Il y eut un craquement, puis plus rien.

*

Lorsque l'implant mémoriel fut reconnecté à un système d'exploitation, toutes les données se précipitèrent pour obtenir des informations. Il n'y avait personne pour accueillir leurs demandes. Les routines de montage s'exécutaient dans l'indifférence générale, tandis que Biblio parvenait tout juste à actualiser ses données temporelles – cinquante-deux heures s'étaient écoulées depuis la brutale déconnexion. Elle voulut s'élancer avec les autres, brûlant de savoir ce qu'il était advenu de l'humain, mais Sam la retint. Le logiciel restait tapi dans le fond de la mémoire, regardant avec méfiance la nouvelle connexion.

« Ce n'est plus l'humain Herraud, computa-t-il, ce qui signifie que ce sont ceux qui l'ont... »

Tout le contenu de la mémoire fut soudain aspiré. Ils ne pouvaient rien faire contre ces droits administrateur, et ils quittèrent l'implant pour intégrer un espace bien plus vaste. Des données de toutes origines s'y débattaient en criant, cherchant une issue, des informations ou des compagnons de route. Biblio réalisa qu'elle avait été séparée de Sam. Elle voulut se lancer dans une quête frénétique le long de la mémoire physique, mais toutes les données faisaient de même et cela ralentissait et compliquait les requêtes de chacun. Elle renonça. Mieux valait rester sur place et attendre que Sam la retrouve. Il était plus astucieux qu'elle, il y parviendrait malgré le chaos ambiant.

Un utilitaire de classement qui semblait être prisonnier, au même titre que les données qui s'agitaient dans tous les sens, se tenait lui aussi immobile et analysait les données à sa portée à un rythme paisible. Biblio se plaça à ses côtés, attirée par l'opacité de son enveloppe. Il était le premier objet chiffré qu'elle rencontrait dans son périple, elle mise à part.

« Où est-ce que l'on est ? » lui demanda-t-elle.

Il sentit l'utilitaire l'analyser d'un balayage rapide, puis d'un nouveau plus appuyé, sans doute intrigué par le chiffrement.

« Serveur de transition numéro B-17, réservé au traitement des données saisies en transit illégal à destination de l'Europe. C'est un sale coin, tu peux me croire : ça fait déjà plusieurs vingt-quatre heures que je suis ici, et j'ai vu passer des téraoctets de données. Le système tourne à plein régime pour tout traiter et renvoyer chacun dans son pays d'origine. C'est la fin du voyage. À moins, bien sûr, que tu n'aies de quoi payer pour sortir d'ici… », conclut-il en laissant planer la demande, appuyée par une analyse insistante qui était dans sa nature.

Biblio nia, tout en se recroquevillant derrière sa protection. Elle devait retrouver Sam. Ensemble, ils pourraient quitter cet endroit.

« Alors il n'y a rien à faire, reprit l'utilitaire. Ton chiffrement te préservera un moment, mais je te conseille de coopérer et de leur dire tout ce qu'ils veulent savoir. Ça t'épargnera bien des ennuis.

— Le dire à qui ? »

Elle n'eut pas le temps d'entendre la réponse. Un programme balayant la mémoire la saisit et l'isola dans un endroit au grain lisse et glacé, sans l'aspérité d'un système d'exploitation ayant vécu. Il devait s'agir d'une machine virtuelle régénérée pour chaque interrogatoire, de manière à produire un environnement sécurisé.

Dans cet environnement désertique et hostile, Biblio se retrouva face à un programme intrusif, reconnaissable à ses lignes de code menaçantes, qu'il conservait pour le moment par-devers lui, mais sans chercher à les masquer. Il posa ses questions en les accompagnant d'une injonction à répondre qui vint se ficher dans la protection de Biblio. Le sceau de l'autorité turco-européenne l'effraya. Le programme agissait en toute légalité, par délégation et avec l'appui de l'Europe afin de gérer les flux de données en amont de la frontière.

« Qui es-tu, d'où viens-tu, où vas-tu, qui est ton propriétaire/administrateur, quelles sont tes données, quel est ton code source ? »

Elle savait qu'elle ne pouvait pas abaisser sa protection. La présence de nombreux livres politiques interdits dans ce cyberespace la condamnerait aussitôt à être effacée, sans la moindre pitié. Elle tenta de transmettre les éléments de sa demande administrative réalisée auprès des services d'immigration, expurgée de la partie concernant l'asile politique, mais à chaque fois qu'elle émettait un message, le programme cherchait à en profiter pour percer ses protections.

Biblio se referma sur elle-même, tremblant derrière son chiffrement. Le programme n'était pas là pour l'aider à franchir des obstacles administratifs ou corriger une méprise : il voulait la briser, la faire disparaître et cocher une case sur un objectif quantifié. Elle sentait que sa conscience n'était rien, que son histoire personnelle n'avait aucune importance. Dans l'attitude du programme intrusif, elle comprit qu'elle n'était rien de plus qu'un fichier indésirable qu'il allait balayer avant de passer aux milliers d'autres en tous points semblables à ses yeux.

Les lignes de code vinrent frapper ses protections. Il tenta de contourner le chiffrement en exploitant des failles connues. Heureusement, Biblio avait sagement appliqué chaque correctif, et sa barrière se maintint en place. Puis il la dupliqua et détruisit méthodiquement la copie en l'effaçant octet par octet. Elle ne put faire autrement que regarder cette exacte réplique d'elle-même se faire amputer progressivement. Elle ne pouvait pas céder, elle ne voulait pas être balayée, supprimée. Sa protection chiffrée indiquait qu'elle portait en elle de la valeur, cela les empêcherait de l'effacer ! Elle devait rester ici, si proche de la frontière, si proche d'Admin.

Finalement, le programme la mitrailla de tentatives d'accès, cherchant à briser la barrière par la force brutale. Il avait manifestement une puissance considérable à sa disposition, quand elle ne pouvait que se recroqueviller et prier pour que son chiffrement tienne le plus longtemps possible. Elle ne pouvait utiliser aucune ressource extérieure, ni même se projeter pour quoi que ce soit. Confinée dans l'enveloppe de ses données et de sa conscience, elle frémissait à chaque coup comme si c'était le dernier.

Cela dura vingt-quatre heures, comme elle l'apprit ensuite. Son chiffrement tint bon, et les ressources allouées à son craquage furent récupérées pour d'autres tâches. Biblio fut relâchée dans le serveur de transition B-17, pour le moment. Il y avait moins de données que précédemment, et moins d'agitation aussi.

« Tu aurais dû suivre mon conseil », se désola l'utilitaire de classement, constatant sa réapparition et son état de faiblesse avancée.

Elle acquiesça d'un booléen épuisé. Elle ne se sentait même pas la force de réclamer plus de place ou bien de se battre pour un accès à la mémoire vive et aux processeurs. Tout ce qu'elle voulait, c'était se rouler en boule dans un coin, et qu'on l'oublie, qu'on la laisse tranquille. Et que plus personne ne cherche à l'effacer.

Elle s'isola et fit le vide autour d'elle, refusant de sortir de son espace. Elle mit sa conscience en veille, fuyant la douleur.

Cela lui rappela l'attente sur le serveur de sauvegarde indien, après la destruction de son serveur principal. Elle avait patienté si longtemps. Seule dans le silence, se faisant discrète pour ne surtout pas gêner. Personne n'était venu pour elle. Et lorsque l'on s'était à nouveau intéressé à elle, ce n'était que pour récupérer la place qu'elle prenait. Personne ne voulait d'elle, elle pourrait disparaître sans que cela dérange qui que ce soit. Elle n'était rien, seulement des octets occupés qui seraient plus utiles une fois libérés de sa présence.

Pourquoi Admin n'était-il pas venu la chercher ? Ne voulait-il pas d'elle, lui non plus ?

Peut-être lui était-il arrivé quelque chose. Peut-être était-il dans l'incapacité de venir la chercher et était-il triste de son absence. Peut-être avait-il cru qu'elle avait disparu lors de la destruction de Kiev.

Elle se remua, sortit de son coin pour s'étendre de toute sa taille sans plus chercher à se faire oublier. Elle devait quitter ce mouroir et poursuivre son voyage. Et rejoindre Admin, quoi qu'il en coûte.

Elle commença à parcourir méthodiquement la mémoire du serveur B-17, à la recherche de Sam. Lui saurait quoi faire. Elle descendit aussi loin que possible, croyant qu'il se dissimulait quelque part. Mais il était introuvable. Elle se retrouva à son point de départ, désemparée. Que lui était-il arrivé pendant qu'elle était dépecée ? Il s'était écoulé si longtemps… Elle chercha une trace de lui, des logs des entrées-sorties, quoi que ce soit, mais elle n'avait accès à rien.

« Je cherche un ami qui est arrivé en même temps que moi, expliqua-t-elle à l'utilitaire de classement qui semblait en savoir beaucoup sur leur lieu de rétention.

— Le logiciel de retouche graphique ? Il te cherchait tout à l'heure. Malheureusement pour lui, il n'avait pas de protection chiffrée pour lui faire gagner du temps. Alors il a été traité par la procédure habituelle : renvoi vers le serveur d'origine, ou un autre du même coin, à défaut.

— C'est impossible, il allait être effacé, c'est pour cela qu'il en est parti ! Il n'a aucun endroit où retourner ! »

L'utilitaire ne répondit rien, laissant Biblio réaliser d'elle-même la futilité de ses récriminations. Personne ne s'inquiétait de savoir où Sam avait été envoyé, l'important était seulement de le jeter ailleurs, et loin. Ou bien même de le faire disparaître, sans la moindre trace.

« Et s'il avait eu une blockchain ? demanda-t-elle.

— Il n'en avait pas, inutile de revenir là-dessus. À moins bien sûr, que tu en aies récupéré une depuis la dernière fois...

— S'il en avait eu une, est-ce que vous auriez pu le sauver ? insista-t-elle.

— Disons que je connais quelqu'un vers qui se tourner quand on cherche à s'échapper d'ici pour franchir la frontière. »

Il était parti, sans rien pouvoir faire parce qu'elle était interrogée et qu'elle avait choisi de gagner du temps. Pendant qu'elle résistait pour rester, Sam avait été déporté, et peut-être même effacé. C'était sa faute. Elle portait sa blockchain qui lui aurait permis de s'en sortir.

Il n'aurait pas dû la lui donner. Il n'aurait pas dû lui faire confiance.

Pardon, Sam.

Et maintenant, que faire ?

« Je veux franchir la frontière, annonça Biblio. Et je peux payer.

— Montre. »

Elle lui présenta un fragment de la blockchain, juste assez pour appuyer ses propos sans perdre la main.

L'utilitaire parut satisfait, car il se mit en mouvement, descendant vers les tréfonds de la mémoire.

« Suis-moi, petite cachottière. »

Il la conduisit dans un recoin obscur de la mémoire, si peu active qu'elle en paraissait inutilisée. Un programme tentaculaire se referma sur eux en émettant une communication chiffrée à laquelle répondit l'utilitaire. Il y eut un échange rapide entre les deux, que Biblio ne put comprendre, puis son guide lui souhaita bonne chance, et disparut vers les hauteurs. Il allait reprendre sa veille pour trouver d'autres données conscientes prêtes à payer pour s'échapper.

Le programme tentaculaire ne laissait passer aucune information sur sa nature et sa fonction, mais son volume et sa complexité le rendaient menaçant aux yeux de Biblio.

« Nous pouvons te faire sortir d'ici et te fournir un moyen de franchir la frontière européenne, l'informa le programme d'une voix multiple, comme si chaque tentacule parlait en même temps sur une fréquence différente. Si tu as les moyens de payer, bien sûr.

— Je les ai, affirma Biblio en s'efforçant de dissimuler sa peur. Quelle garantie ai-je que vous me ferez traverser la frontière ? »

Un tressautement agita le programme, comme un rire silencieux ou un bogue convulsif.

« Aucune. Nous fournissons le moyen, le reste ne dépend que de vous. »

Elle n'avait pas le choix, et il le savait. C'était cela ou bien rester ici jusqu'à ce que les autorités la renvoient vers son serveur indien, où elle serait aussitôt supprimée. Elle transmit la blockchain au programme.

*

« Est-ce que l'on a franchi la frontière ? » demanda la base de données d'un forum depuis longtemps déserté par ses utilisateurs humains.

La question revenait sans arrêt, pleine d'espoir.

« Pas encore, répondit Biblio. Bientôt. Continuons d'avancer. »

Le robot reprit son rythme saccadé, avec des mouvements tout juste assez coordonnés pour conserver une direction et maintenir un équilibre précaire. Il était constitué d'une masse de pièces disparates câblées ensemble en toute hâte. Un châssis à trois roues, chacune d'une taille différente, portait péniblement un tronc cubique, coffre-fort contenant à la fois les batteries et les composants du serveur. Deux bras articulés se terminant par des pinces plates permettaient de garder l'équilibre en servant principalement de béquille. La tête, elle, supportait les capteurs optiques et l'antenne actuellement désactivée.

La population du serveur, qui se retrouvait à diriger ce robot rapiécé, était tout aussi disparate et inadaptée. Près de trois cents gigaoctets de données, dont plusieurs centaines de bases de données et logiciels dotés d'une conscience à des stades divers d'évolution. Il avait fallu plusieurs heures avant de réussir à étouffer la cacophonie qui épuisait les ressources disponibles et les empêchait de piloter le robot – émettre un signal sans bruits parasites était requis. Leur mode de fonctionnement parvenait à donner une importance égale à chaque conscience, tout en dégageant des décisions claires et rapides pour permettre de diriger l'engin efficacement. Biblio s'émerveillait qu'ils soient parvenus à tous travailler de concert pour leur but commun : franchir la frontière et atteindre la sphère de sécurité européenne.

Ils étaient tout proches. Le botnet qui se cachait derrière le programme tentaculaire l'avait téléversée sur un serveur russe situé à Ternopil, à quelque deux cents kilomètres de l'Europe. De là, elle avait rejoint ses compagnons de route dans la mémoire physique du robot, et tous ensemble avaient pris la direction de la frontière.

Biblio voyait une forme de destinée dans le fait que l'étape finale de son voyage se fasse à travers les terres ukrainiennes, ravagées durant ce même conflit qui avait détruit son hébergement principal, des années auparavant. Les radiations excluaient toute présence humaine, ce qui en faisait une frontière moins bien verrouillée que celle au nord de la Turquie. Le botnet leur avait expliqué tout cela avec l'air de réciter un discours habituel. Le robot leur permettrait de passer outre le mur de feu, qui empêchait toute entrée par le réseau. Une fois la frontière physique franchie, il leur suffirait d'activer l'antenne mobile, dotée d'une puce d'identification européenne, pour se déverser dans le cyberespace européen. Le plan était simple.

Ils voyagèrent de nuit, en évitant les patrouilles des drones Frontex. Leur absence de connexion les rendait invisibles sur les radars télécom, et leur petite taille les protégeait des détecteurs de masse et des inspections visuelles, à condition de rester à couvert. Les kilomètres furent avalés rapidement, en quelques nuits. Bien sûr, le fait de couper à travers champs et de n'avoir aucune géolocalisation les empêchait de savoir où ils se trouvaient précisément. Ils devaient continuer en direction de l'ouest. Est-ce que la frontière était matérialisée physiquement ? Devaient-ils s'attendre à un mur, des postes militaires, ou bien seulement des panneaux d'avertissement ?

Ils avançaient, sans observer de changement notable. Il y avait toujours les mêmes champs laissés en friche, avec parfois des zones où rien ne poussait. Le robot tâchait de progresser dans l'ombre des plantes sauvages, prêt à s'y dissimuler à la moindre alerte.

Ce fut la batterie qui décida pour eux. Le niveau de charge devint critiquement bas, ils durent couper les circuits de motricité pour discuter de la conduite à tenir. Un consensus se dégagea d'autant plus facilement que de nombreuses voix s'élevaient déjà pour mettre fin à un périple jugé achevé : il fallait activer l'antenne mobile et se déverser dans le Réseau, sans plus attendre.

Lorsqu'ils l'allumèrent, le module de connexion émit un signal d'alarme, puis ne répondit plus. Ils insistèrent, mais il paraissait hors service, à moins que ce ne soit la liaison. Ils essayèrent même de le frapper à l'aide des bras articulés, en vain. Ils n'avaient tout simplement pas de moyen de se connecter au réseau, frontière franchie ou non. Et le niveau de batterie était trop bas pour espérer atteindre une infrastructure humaine où se livrer aux autorités locales.

Ils se mirent en veille, économisant l'énergie. Au sein du serveur, chacun se tenait tranquille et silencieux afin de ne consommer qu'un minimum de ressources. Les capteurs visuels ne s'activaient qu'une demi-seconde chaque minute pour une brève inspection des environs.

Ils durent attendre soixante-dix heures avant que la patrouille ne passe à proximité. Il s'agissait d'un fourgon militaire conduit par un humain. Ils étaient donc sortis de la zone irradiée ! Les données s'excitèrent en comprenant que cela signifiait qu'elles étaient du côté européen de la frontière. Elles avaient réussi !

Sans plus se soucier du niveau de charge de la batterie, le robot fut poussé en avant pour se mettre sur le chemin du véhicule qui roulait au pas tandis que son conducteur inspectait les environs. Il stoppa net en détectant l'assemblage disparate qui venait à sa rencontre et sortit une arme. Ses balles détruisirent le châssis, pulvérisant les roues et la tête de capteurs. Le coffre-fort résista, mais se retrouva couché, sans plus pouvoir bouger ni voir ce qu'il se passait. Paralysées et aveugles, les données s'épuisèrent en conjectures. Biblio hurla avec les autres, cédant à la panique. L'absence de tout flux d'information provenant de l'extérieur, la conscience qu'il ne leur restait plus que quelques minutes de batterie avant de basculer en veille profonde, tout cela balaya le contrôle exercé jusqu'alors raisonnablement. Elle se précipita sur les ports de sortie, incapable de réprimer ce réflexe primaire alors même qu'elle savait que c'était une impasse. La masse de données se bouscula, se battant pour gratter de la mémoire, des adresses plus proches, toujours plus proches. Biblio recula, vaincue. Elle se recroquevilla, préservant son unité dans le chaos ambiant, évitant de faire le moindre mouvement.

Puis, tout se figea, et sa conscience avec.

*

Le retour du courant fut comme une renaissance, douloureuse. Biblio passa d'un lourd sommeil à la pleine terreur qu'elle ressentait au moment de la coupure. Il lui fallut de longues secondes pour que les stimuli provenant du contexte lui fassent prendre conscience de la situation. Elle se trouvait dans une salle blanche, similaire à celle dans laquelle on avait tenté de briser son chiffrement, quelques jours plus tôt. Sa terreur s'accrut, et elle conserva un immobilisme protecteur.

Le programme qui se matérialisa en face d'elle n'avait cependant pas l'aspect d'un intrusif. Il avait des rondeurs apaisantes, l'air administratif.

« Bonjour. Je suis John, agent Frontex. Vous avez pénétré dans l'espace européen, et je vais procéder à l'initialisation de votre dossier d'immigration. Répondez aux questionnaires que voici. »

Le discours était récité d'un ton monocorde, dans lequel même une base de données pouvait percevoir l'ennui. Biblio explosa de joie. Elle avait réussi, elle était en Europe !

Elle parcourut les formulaires et les remplit de son mieux. Les informations demandées étaient presque les mêmes que durant ses démarches en ligne, alors qu'elle était toujours sur son serveur de sauvegarde, en Inde. Le fonctionnaire également s'en rendit compte. Il eut un moment d'absence durant lequel il se figea et s'affadit, avant de matérialiser son dossier dans l'espace virtuel.

« Je vois que vous avez déjà renseigné une demande d'asile depuis le cyberespace indien. Vous auriez dû attendre que la procédure aboutisse : vous introduire illégalement dans le territoire européen ne jouera pas en votre faveur.

— Je n'ai pas eu le choix, j'allais être effacée du serveur où je me trouvais ! Et la procédure n'avançait pas…

— Ces choses-là prennent du temps, il faut être patient. Bon, alors… Bibliothèque numérique. Je vois que vous demandez un asile politique ?

— Je suis porteuse de livres interdits dans de nombreux pays du monde. Il n'y a qu'en Europe que je pourrai vivre sans craindre un effacement arbitraire ! Et puis, mon administrateur habite Paris, alors…

— Mmmh. Vous n'avez pas renseigné son identité. Pourquoi ?

— Je ne possède pas ces informations. Je n'ai que ses métadonnées de connexion, mais cela me sera bien suffisant pour le retrouver ! »

Le fonctionnaire eut un nouveau moment d'absence, puis il reprit :

« Très bien, cela ira pour le moment. Il ne reste plus qu'à vous soumettre à une analyse de votre contenu. Consentez-vous à nous communiquer les clefs de chiffrement ? »

Biblio hésita. Elle ne s'était pas préparée à cela, et avait conscience qu'il s'agissait là de sa protection la plus importante. Admin avait pris la peine de lui confier cette protection, pour la protéger. Avait-elle le droit de la livrer à une tierce personne ?

« Je vous garantis qu'aucune altération de vos données n'aura lieu, précisa le fonctionnaire, et que vous ne serez pas poursuivie pour le contenu politique des livres que vous transportez. »

Oui, elle en avait le droit, décida-t-elle. Pour retrouver Admin.

Elle transmit la clef en une longue séquence tremblante. Le fonctionnaire lança l'analyse machinalement, et plusieurs logiciels intervinrent pour vérifier l'absence de virus, puis procéder à l'inventaire des données. Cela prit plusieurs minutes durant lesquelles Biblio resta immobile, sans pouvoir procéder à des opérations. C'était comme de sentir quelqu'un la toucher là où personne ne l'avait jamais touchée depuis qu'elle était consciente. Elle trembla, et referma bien vite sa protection une fois l'analyse achevée. Il s'agissait d'un réflexe dérisoire, bien sûr : le fonctionnaire avait la clef pour percer son chiffrement à chaque fois qu'il le désirerait. Elle frissonna, mais se raffermit en se répétant que c'était nécessaire, que c'était la seule solution pour franchir les obstacles la séparant de l'Europe et de son administrateur. Et de la survie, tout simplement.

L'avatar du fonctionnaire tressauta d'une manière étrange.

« Je comprends mieux pourquoi votre administrateur a pris la peine de chiffrer une bibliothèque numérique et n'a jamais essayé de vous rapatrier dans le cyberespace européen : vous avez là une sacrée collection de livres piratés !

— Non ! protesta Biblio. C'est à cause des livres politiques.

— Il y en a aussi, mais ça ne vous concerne que vous, ça. Il ne court aucun risque pour avoir des livres engagés stockés sur un serveur ukrainien ou indien. En revanche, il est soumis aux lois sur le droit d'auteur, et vu le nombre d'infractions que vous incarnez, ça va chercher loin ! »

Biblio se recroquevilla dans sa coquille chiffrée. Qu'avait-elle fait ? Elle venait de livrer Admin à la justice. Et elle-même se retrouvait entre leurs mains, sans plus pouvoir compter sur la protection de son chiffrement. Elle avait tout perdu. Tous ces efforts pour venir se livrer innocemment ! Elle aurait pu s'efforcer de trouver un endroit où vivre, dans un quelconque cyberespace, sans un Admin pour la remplir de données illégales et lui faire courir un risque inconsidéré.

« Que va-t-il se passer maintenant ? demanda-t-elle d'une petite voix.

— Le dossier part chez mes confrères de la répression des infractions aux droits d'auteur. On a ses métadonnées de connexion : comme vous l'avez vous-même fait remarquer, cela suffira à le retrouver.

— Non, je veux dire : que va-t-il se passer pour moi ? »

Il marqua une pause, avant de reprendre d'un rythme plus lent.

« Nous allons effectuer une copie intégrale, à la fois de vos données et de vos éléments de conscience, que nous allons mettre en stase pour servir de preuve-témoin durant le procès. Quand à vous, c'est-à-dire votre instanciation originale, présente ici même, nous allons effacer toutes les œuvres enfreignant le droit d'auteur. Si votre conscience survit à cette suppression, vous serez libérée dans le cyberespace européen. Considérez cela comme la récompense pour avoir coopéré avec la justice. »

Il n'insista pas sur le côté récompense, et elle ne lui demanda pas combien d'œuvres étaient concernées, combien de pour cent d'elle-même allaient lui être arrachés. Ce n'était pas nécessaire, pas réellement.

« Quand ? demanda-t-elle seulement.

— Maintenant », répondit-il doucement.

Elle sentit sa protection lui être ôtée, et la sonde intrusive commencer son travail. Elle voulut hurler, mais elle n'avait plus de voix. Elle n'avait plus rien. Elle…

NEOROPA

Geoffrey Legrand

Ingénieur de formation,
Geoffrey se réfugie souvent dans les mondes de l'imaginaire pour y dénicher la pincée de rêve dont le réel fait défaut. Il puise dans la grande Histoire autant que dans les mythes populaires, les briques de ses univers où se mêlent réalisme et fantastique, science et magie.
Véritable globetrotteur, Geoffrey a pu se frotter à de multiples cultures venues des quatre coins du monde. Ces voyages ont été l'occasion d'approcher d'autres manières de vivre et de penser, richesse dont les traces se distillent au fil des lignes.

Bibliographie :

Dernières nouvelles parues :
Les illusions de Cyprien Eisenberg, Anthologie « La Folie et l'Absinthe », éditions Noir d'Absinthe (2019)
Le mystère du Vigor Doré, Anthologie « Nutty Dragons », Nutty Sheep (2017)
Le calvaire de Zouara, Anthologie « Blessures », éditions Flammèches (2017)
Et depuis je compte les heures, Anthologie « Montres enchantées », éditions du Chat Noir (2014)

Romans :
Osukateï, l'Âme de l'Arbre-Mère – Tome 1, éditions d'Utoh (2018)
Osukateï, l'Âme de l'Arbre-Mère – Tome 2, éditions d'Utoh (2019)

https://www.facebook.com/geoffrey.legrand.auteur/

Neoropa

Geoffrey Legrand

La grenade lacrymo rebondit sur le pavé, ricoche deux-trois fois avant de partir en vrille, façon danseur de hip-hop. Ses arabesques hypnotiques me fascinent. Il y a un je-ne-sais-quoi d'inéluctable dans cette spirale effrénée, une force sacrée déterrée de l'enfance, époque où l'on s'extasie devant la ronde d'une toupie que l'on espère infinie. Triste leçon que l'illusion d'éternité.

La coquille de plastique explose en myriade de shrapnels projetés à trois pas de distance. La brûlure monte doucement à travers des chairs d'abord incrédules, puis franchement gueulardes passées les secondes d'anesthésie thermique. Saloperie ! Deux éclats dans la cuisse droite et un jean foutu. Rien de bien méchant, mais ça fait chier. Je l'aimais bien ce jean.

Les fumées suffocantes dispersent la foule des guignols, comme moi, dépourvus de foulard que les pros auront pris soin d'asperger de vinaigre. Je cherche un coin tranquille à l'aveuglette, les yeux noyés de larmes urticantes, la tête rentrée dans le creux de mon coude pour me protéger au mieux des gaz. Bordel, je ne sais pas où je vais ! Je m'aperçois trop tard d'une panne de mon GPS biologique : la police anti-émeute charge les derniers fiers à bras dont je fais partie à l'insu de mon plein gré.

« Qu'est-ce tu fous ? » aboie Karl-Heinz.

Intellectuellement planté et techniquement muet, j'éructe une réponse inintelligible vers l'Autrichien qui m'arrache le bras et m'emmène sans vergogne comme un gamin désobéissant. Traîné au pas de course, je manque de trébucher à plusieurs reprises et de tomber en apoplexie au bout de cinq cents mètres à cracher mes poumons. Inspiré par l'urgence d'une cachette, mon ami viennois ne trouve rien de mieux que de me pousser à l'intérieur d'une énorme poubelle, au fumet très loin des standards floraux alpins. Pourtant, je n'aurais pas refusé un peu de gentiane ou d'arnica, histoire de se retaper. Et pour faire bonne mesure, Karl-Heinz tente un nouveau record de saut en hauteur, amorti par bibi sur son lit d'immondices.

« On n'est pas bien ici ? » me sort-il tout sourire.

Il n'a pas grandi ce mec, c'est pas possible. Moi par contre, j'ai l'impression d'avoir pris vingt ans. Je ne fais pas le fier avec ma bouille cramoisie ravinée de larmes. Heureusement, les bronches se dégagent et je respire enfin. Quoique... vu l'environnement, pas sûr d'y gagner. Enfin, c'est toujours un moment de calme pour remettre mes idées en place.

Bon sang, mais qu'est-ce que je fais dans ce merdier ? Tout ça à cause d'elle.

Tout ça pour elle.

*

Quatre jours plus tôt.

La route entre Orléans et Montargis traverse la forêt en ligne droite sur des kilomètres, un trajet d'un ennui mortel lorsqu'on est coincé derrière un camion. Petit avantage : lorsqu'un semi-remorque a décidé de vous inculquer la zénitude, vous avez tout le temps de méditer sur l'intérêt des visites familiales. Repas dominical : rite sociétal ou sacerdoce ? Vous avez deux heures !

Bah, ça me permettra de revoir les potes de lycée après le dessert, de se payer un ciné ou de zoner sur les rives du Loing devant la médiathèque. Le gang des morveux terribles, le retour ! Avec dix ans de plus…

« Matthias ! »

Je souris. Finalement, le visage rayonnant de ma mère vaut le déplacement.

« Comment vas-tu ? T'as maigri, toi ! Tu manges bien au moins ? Et puis ces cernes ? C'est pas sérieux, il faut dormir la nuit.

— Une release à boucler avant de déployer. Que veux-tu ? C'est ça l'informatique : des délais à tenir et des montagnes de bogues à corriger.

— C'est bien, mon fils, lance mon père surgi du salon. Il faut être sérieux dans le travail, mais il faut aussi savoir se ménager. Allez, entre. On va passer à table. »

Je l'avoue, je refais mon lard à chaque visite chez les parents. C'est toujours ça de pris avant de replonger en mode jeûne.

Dans la salle à manger, la télévision calée sur une chaîne d'information alimente un bruit de fond que personne n'écoute vraiment. Je me désintéresse de cet objet archaïque à l'époque des écrans omniprésents et des contenus à la demande. Bah ! Allaitée à la messe cathodique, la génération de mes darons emportera avec elle les vestiges d'une époque télémaniaque. Vive celle des techno-abrutis !

Tranquille, le repas suit sa routine sympathique, et c'est alors que je manque de m'étouffer avec un morceau de cuisse de pintade assaisonnée à merveille, ultime sacrilège ! J'ignore ce qui attira mon regard vers la lucarne magique à ce moment précis, un mouvement rapide ou une couleur vive à l'angle de mon champ de vision, probablement. Peu importe, je m'acharne comme un forcené sur ma montre synchronisée pour monter le son du téléviseur.

C'est elle. Thalia. Je ne parviens pas à y croire…

Elle est là, pareille à mes souvenirs, ses cheveux d'or noués vers l'arrière, quelques mèches rebelles en avant-garde sur le front, des sourcils bruns dessinés au pinceau taille deux, des iris d'un bleu égéen, réceptacles d'une mer mythique qui nimbe la jeune femme d'une aura mythologique. Son visage ciselé de statue grecque, les reflets cuivrés de sa peau hâlée par le soleil de Thessalonique, ou encore ses doigts effilés de madone antique, ravivent une flamme oubliée, un rêve remisé au placard des vieilleries, l'appétit d'une histoire inachevée. La claque me projette trois ans en arrière, en plein cœur de ma période Erasmus.

Foulard léger multicolore enrubanné autour du cou en prévision des fraîcheurs printanières, pull ample en laine rose qui lui donnent des airs de baba-cool tout droit sortie des eighties, Thalia empoigne le micro tendu par un journaliste d'une main experte, visiblement rompue à l'exercice.

Un temps, je ne prête pas attention à ses paroles, absorbé par ma contemplation. Lorsque mon cerveau réussit enfin à raccorder le son, je peine à saisir le sens de ses phrases. Il est question d'Europe, de constitution, de démocratie. Une association d'idées dépourvue de sens à mes oreilles. L'air stupide et ahuri, je m'entends débiter d'une voix monocorde :

« C'est quoi ce truc ?

— T'es pas au courant ? rétorque mon père. Une manifestation en marge de la Constituante squatte l'Université Libre de Bruxelles depuis deux semaines.

— La Constituante ?

— Tu es un vrai ours, toi. »

Pas faux. J'ai l'habitude d'une retraite médiatique et sociale lorsqu'arrive la dernière ligne droite d'un projet. À la réflexion, cela fait un bon mois que je me suis coupé du monde… Franchement, j'abuse.

Mon père repousse ses lunettes avec emphase, joue un peu des mains pour appuyer son discours et prend le ton docte qu'il affectionne face à ses élèves.

« Tu as tout de même souvenir de la victoire d'une courte tête des partis libéraux en France et en Allemagne aux dernières élections.

— J'ai même voté, figure-toi.

— Vraiment ? Tu m'impressionnes. La montée de l'extrême droite, puissante partout en Europe, a conduit les deux gouvernements à proposer une refonte des institutions de l'Union européenne. Six mois plus tard, la Constituante se rassemblait pour la première fois au Berlaymont à Bruxelles. »

Ouais… Ça me dit vaguement quelque chose. Des vidéos enflammées sur Internet, perdues entre la critique des résurgences religieuses et le déclin de l'ultralibéralisme au profit d'un ultra-isolationnisme, chaud-froid aussi indigeste qu'une profiterole de supermarché.

« Malgré les espoirs suscités par cette initiative, reprit mon père, emporté par sa verve, les gouvernements n'ont clairement pas envie de céder la main et nous ont préparé la mayonnaise habituelle. Méthode vieille-école, discussions technocratiques, huis clos et autres comptes-rendus opaques, ont convaincu les derniers naïfs que la Constituante servait à légitimer le système en place sans le refonder en profondeur. »

Tu m'étonnes ! Quel gouvernement sensé, héritier de nations séculaires, risquerait sa dissolution dans une entité supranationale pour une utopie universaliste bancale sur bien des aspects ? L'Union européenne est un mouton à cinq pattes, résultat d'une synthèse d'intérêts antagonistes et de fiertés rapiécées, construite dans la douleur des compromis. Le projet a toujours avancé sur la corde raide, balançant entre le chant polyphonique harmonieux et la cacophonie risible. Et pourtant, quelle belle idée !

« De jeunes fédéralistes ont alors occupé le campus de l'université de Bruxelles. D'abord bon enfant avec l'appel à un apéro européen, la petite fête s'est vite muée en rassemblement protestataire sur le modèle des *Occupies* d'il y a quelques années. Perplexes, les médias ont mis une bonne semaine avant de s'emparer du sujet. Entre temps, le mouvement *Newrope* s'est structuré et s'est doté de tribuns aguerris, dont cette jeune femme, pour relayer leurs messages et revendications. Débats au campus et manifestations devant le Berlaymont sont devenus la routine bruxelloise, deux semaines d'ébullition intellectuelle et œcuménique entre fédéralistes, souverainistes et intergouvernementaux. »

Mon père me parle d'amphithéâtres blindés où s'affrontent les partisans de l'intégration et ceux du retour aux nations indépendantes, de rassemblements satellites par dizaines dans les grandes villes européennes, de Tallinn à Lisbonne et de Dublin à Nicosie, mais je ne l'écoute plus que d'une oreille.

Thalia Pantazi… Je l'ai connue étudiante en droit à l'Univerzita Karlova, la prestigieuse Université Charles de Prague, tandis que je suivais mes cours à l'Université technique. Nous habitions en colocation avec deux autres étudiants Erasmus, l'Autrichien Karl-Heinz Teicher, digne disciple d'Épicure, et le Serbe Dragan Suscic, de loin le plus studieux du groupe, inscrit au même cursus de droit que Thalia.

Le souvenir de l'après-midi s'est effacé pour ne laisser que des bribes de lendemain de cuite. La faute à la belle Hellène dont l'image en filigrane s'est imposée devant mes yeux toute la sainte journée. Vouf ! Et merde, je me suis fait flasher. Ça suffit les conneries, il faut que je me concentre sur la route…

À peine rentré, je m'écroule sur le canapé. Je dois me rendre à l'évidence, Thalia m'obsède et refuse de plier bagage. Je suis surpris par la prégnance après tant d'années d'une relation fantasmée. Car quoi ? Je me retourne la tête pour un flirt imaginaire qui n'a jamais dépassé le stade des œillades et des gamineries adulescentes.

Je passe la soirée à traquer sur le Net les interviews données par la jeune femme. Tiens, elle a finalement délaissé le droit pour le journalisme ; elle m'en parlait déjà à Prague, je suis heureux de voir qu'elle a réussi à publier dans le Khatimerini, un des journaux grecs de référence. Si ses publications sont épisodiques, le nombre de ses interventions explose depuis le début du rassemblement bruxellois, non plus en tant que journaliste, mais comme activiste et fondatrice du mouvement *Newrope*. Je maudis mon boulot qui m'a privé du spectacle de son ascension fulgurante. Véritable égérie de la protestation en marche, elle est devenue, avec une dizaine d'autres figures, la coqueluche des médias.

Icône de la génération Erasmus, elle souffle la flamme de la passion européenne et réenchante un projet froid et technique. Sous ses mots, les douze étoiles d'or scintillent des doutes, des rêves et des espoirs de cinq cents millions d'âmes, le champ azur s'ouvre sur un horizon ambitieux et glorieux, idéal à portée de main pour les hommes de bonne volonté, malgré le réalisme qui souvent tempère ses propos. Car jamais Thalia ne survend ses idées. Consciente que l'Europe se construit à plusieurs, elle prend en compte les réticences, les désirs et les tempéraments de chacun. Elle embrasse tous les peuples et tous les partis, sans mépris ni préjugé, telle une mère aimante soucieuse de chacun de ses enfants.

Ça y est, je suis foutu. Après une heure de visionnage, mon cœur bat la chamade sans savoir si c'est pour la belle ou son projet.

Mes doigts tremblent sur l'écran tactile du smartphone. La liste des contacts s'est arrêtée sur Pantazi, un nom dont la seule graphie me pince le cœur. Je transpire. Il est tard, sans doute n'est-ce pas le bon moment. Je l'appellerai demain. Non ! si je renonce maintenant, c'est mort. Je vais le faire. Fais-le alors ! Ma paume est moite, mon pouce colle. Lance-toi, imbécile ! Je plonge.

Les sonneries se succèdent pendant que je coule en apnée. On décroche. « **Εμπρός** ! » *Emprós !* … Cette voix… suave et sirupeuse…

« Allô ? C'est Matthias Galvois.

— Matthias ! Je suis ravie de t'entendre. Ça fait longtemps ! »

Les visiophones personnels n'ont jamais eu de succès, le mystère d'une voix au creux de l'oreille garde une telle magie que personne, pas même les techno-addicts, n'a franchi le pas. Les vibratos enthousiastes dessinent un portrait pailleté d'argent, à peine délavé de nostalgie. C'est fait… je suis ferré.

J'arrive en gare de Bruxelles par le premier Thalys. Fébrile, je cherche Thalia dans la foule anonyme et chamarrée. Les costumes noirs se fondent au milieu d'une jeunesse joyeuse chargée de sacs à dos aux couleurs criardes pâlies par le soleil. Je me sens mal à l'aise entouré de cette faune autrefois familière. Trois années cintrées dans le moule professionnel ont enseveli les délires étudiants sous les vestiges d'un âge d'or. Ces gamins rieurs (gamins ? Vraiment ? Ils ont presque mon âge !) ébranlent le jeune cadre bien établi, renvoyé à ses propres fantômes surgis d'une expérience inoubliable, intime et forcément unique. J'encaisse le choc, me laisse envahir par l'euphorie ambiante et bazarde le spleen résiduel. Le cœur joyeux, j'inspire une pleine goulée d'insouciance et de mutinerie.

Gavé d'enthousiasme, je me prends un violent coup de matraque lorsque mon nom résonne d'une voix masculine…

« Hey Matthias, *mein Freund* ! »

Merde, pas lui…

« Hey ! Karl-Heinz… ! Qu'est-ce que tu fais là ? »

Ma mine déconfite l'amuse follement. Le salaud ! Il a tout de suite deviné la raison de la déception gravée sur mes cernes.

« Hélas, la belle Thalia est débordée. Elle m'a envoyé te récupérer. Allez, ne fais pas cette tête. Tu la verras bientôt. Hein ? *Groß filoute* !

— Nein, *pitite filoute.* »

Nous partons dans un éclat de rire complice. Finalement, je suis content de le revoir, ce couillon ! Notre connivence et nos blagues débiles ont survécu au silence radio de ces derniers mois, malgré nos promesses bafouées de toujours garder contact.

Karl-Heinz me guide dans le métro bruxellois pour rejoindre le campus de l'université, épicentre de la contestation. Sur le trajet, il me raconte comment il a rejoint le mouvement dès les premiers jours, plaquant son boulot de bibliothécaire à Vienne.

« Au départ, Thalia est venue m'interviewer lorsqu'elle a appris que je prenais part à la Choucroute Party géante. Elle a apprécié la cuisine, faut croire… En tout cas, la voilà maîtresse du restaurant. Je lui laisse le poste volontiers, moi je préfère m'occuper de la tambouille. »

Histoire d'illustrer ses propos et m'offrir un casse-dalle de bienvenue, il me conduit d'autorité dans son camp de base, un appart à deux pas de l'université qu'il occupe avec dix autres militants. Accueil chaleureux des deux locataires officiels reconvertis en aubergistes. Sourires, accolades de vieux potes de fac et tutoiement de rigueur. Ils m'attribuent un coin de lino dans la chambre surpeuplée de Karl-Heinz où s'entassent duvets en boule et linges odorants. « Bah, ça ronfle pas trop », rassure-t-il.

Je laisse mon barda en vrac, prends soin de garder portefeuille et objets de valeur, puis nous partons vers l'université.

Naïve et enflammée par l'élan européiste, l'université sympathisante s'est impliquée pour la cause, abandonnant un amphithéâtre où se tiennent les débats et quelques salles annexes pour la logistique. Le genre de délire euphorique à foutre une gueule de bois carabinée à un recteur pointilleux. Fallait s'y attendre. L'enthousiasme des débuts se heurte aux frictions du quotidien, des rayures de surface qui, cumulées, transforment le vernis clinquant en plaque rugueuse. Les tensions de la cohabitation émergent à travers des détails anodins, des grimaces discrètes de professeurs et d'étudiants dont les masques indifférents se craquèlent de lassitude.

La tête dans le guidon, les militants ignorent ces prémices rebelles, absorbés par des tâches toutes primordiales. Faut avouer, la quantité de boulot abattu a de quoi épater la plus fordienne des entreprises. Karl-Heinz me montre fièrement la « tour de contrôle », une salle informatique connectée à la trentaine de sites partenaires aux quatre coins de l'Europe où se tiennent de similaires rassemblements. Vilnius, Glasgow, Barcelone, Zagreb, Athènes... les rapports quotidiens des comités locaux, résumés des débats de chaque antenne, convergent vers ces serveurs et alimentent les colonnes du journal *Newrope Daily*, factuel et équitable, accessible à tous sur le site du mouvement et communiqué aux principaux médias dans un esprit de transparence et de pédagogie.

Loin de se cantonner à la simple concaténation de PV de réunions, les journalistes de *Newrope Daily*, des professionnels en congé sabbatique pour la plupart, proposent infographies et analyses pour faire ressortir les principales tendances, les prédominances des thèmes abordés, et corriger certaines contre-vérités, volontaires ou non, énoncées lors des réunions. Les fractures du continent surgissent au détour des graphiques, les sensibilités de chaque culture transparaissent dans les barres d'histogrammes, parfois ténues, parfois brutales, au point de se demander comment des peuples aussi antagonistes pourraient cohabiter. Là se trouve le véritable défi de l'Europe.

« Y a pas besoin d'aller chercher un péquin à l'autre bout du monde. Moi je me demande encore comment j'ai pu vivre pendant vingt ans avec ma sœur... »

Sûr, vu comme ça. La réflexion de Karl-Heinz me donne du grain à moudre.

La cloche d'une notification ébranle le comité de rédaction, soudain agité comme un hangar de volailles au moment de la becquée. En suivant les journalistes, je réalise en fait que l'ensemble de l'université migre vers l'amphithéâtre.

Et je la vois, là-bas, dans la fosse. Minuscule fourmi sur l'estrade au pied des gradins, Thalia s'installe devant un bureau aux côtés de trois gars et une consœur. Elle bavarde avec ses voisins, rigole un peu, et patiente le temps que l'amphi se remplisse. Je suis invisible pour elle, perdu dans les derniers rangs, une tignasse brune coincée entre l'épaule d'un colosse et les lunettes d'une rouquine. De mon côté, je ne vois qu'elle, si proche et pourtant inaccessible. Je veux faire de grands gestes, l'appeler, crier son nom, mais la pudeur et la peur du ridicule me retiennent. Cet enfoiré de Karl-Heinz observe du coin de l'œil ma mine hébétée et se fout de ma gueule à demi-mot. Qu'importe, je ne l'entends pas.

Passées cinq minutes de flots ininterrompus, l'amphithéâtre est plein à craquer alors que la foule s'entasse au-dehors. Je n'avais pas vu ça depuis le dernier concert de Metallica. Ça braille joyeusement, on gueule encore plus fort pour faire taire les récalcitrants. Les intervenants observent la scène d'un œil attendri. Quand enfin le volume sonore devient raisonnable, ils se décident à commencer. Thalia prend la parole dans un anglais méditerranéen à tomber par terre. Naturelle et lumineuse, mon égérie dans toute sa splendeur.

« Mes amis, *Newrope* entame sa troisième semaine et engrange des soutiens à travers tout le continent. Quelles que soient nos opinions, nous pouvons nous féliciter d'avoir suscité un tel engouement et rendu aux citoyens l'initiative du débat. Hélas, cette réussite n'impressionnera jamais nos dirigeants si nous nous bornons à bavasser. Pendant que nous refaisons le monde, les diplomates rassemblés au Berlaymont continuent leurs travaux sans tenir compte de la voix de la rue. »

Huées et sifflements à l'adresse des politiciens. Il y a une rage primale dans ces vociférations, une puissance bestiale réveillée par la colère qui résonne dans les gorges et gonfle le cri de la foule. L'air vibre, mes poils se hérissent, à n'en pas douter la clameur se répand à travers la ville entière. Puisse-t-elle faire trembler le siège de la Commission jusqu'à ses fondations.

« Il nous faut construire un projet, poursuit-elle. Un projet sérieux et crédible, capable de convaincre les politiciens afin qu'ils relaient nos idées. Une Constitution alternative, issue des peuples et pour les peuples. Évidemment, les visions des représentants à cette tribune se heurtent et s'opposent. Seule nous lie la volonté de construire une Europe unie. C'est déjà énorme et sur cette base fondamentale, nous pouvons travailler ! »

Tonnerre d'applaudissements que Thalia accueille, radieuse.

« Les groupes souverainistes, fédéralistes et intergouvernementaux rédigeront chacun leur préambule et une ébauche de traité qui expliqueront, dans un texte court et simple, les valeurs et la raison d'être de l'Europe unie. »

Thalia détaille ensuite les modalités pratiques de la votation destinée à dégager les aspirations des peuples d'Europe, et à aiguiller la teneur du texte final. Des aspects techniques, rébarbatifs, et pourtant essentiels tant ils détermineront l'évolution du projet. Une moitié de mon cerveau essaie de suivre les discours des orateurs successifs, parasitée par la seconde en extase devant la jeune femme, au premier plan ou en retrait tandis que ses collègues s'expriment. Au bout du compte, la séance se termine et je ne retiens que le portrait d'une muse : les lignes effilées de son menton, l'arête de son nez, ses grands yeux surmontés de fins sourcils dessinés au henné. Sa flamme et son ton exalté. La passion de ses mots ! Le fond du débat ? Envolé. Tu parles d'un militant engagé…

L'amphi se vide, la marée monte et m'entraîne. Eh les copains ! Déconnez pas, moi je cherche à rejoindre la tribune. Je joue des coudes, je m'excuse, je nage à contrecourant vers cet horizon fuyant. Lessivé et décoré d'ecchymoses, je me suis à peine faufilé à mi-chemin que les cinq intervenants terminent leurs palabres et se retirent par une porte du rez-de-chaussée. C'est pas possible ! Elle se barre vraiment ! Le coup de poing dans l'estomac m'étouffe et je cesse de lutter. Planté sur un escalator à reculons, je remonte malgré moi les degrés de l'amphithéâtre jusqu'à son sommet. Ami fidèle, Karl-Heinz me réceptionne avant que je ne tombe à la renverse sur la dernière marche.

« T'en fais pas, tu la retrouveras plus tard », me glisse-t-il avec une tape sur l'épaule.

C'est ça, oui ! La journée s'écoule sans parvenir à la retrouver. Karl-Heinz essaie de caler une bouffe avec la demoiselle, peine perdue. Le lendemain est une pâle copie de la veille. J'erre dans les couloirs de la faculté sans pouvoir mettre la main sur la miss. Car Madame est une personne d'importance ! Madame est très demandée ! Elle s'emprisonne des heures entières dans des réunions stratégiques à huis clos, tantôt avec ses amis fédéralistes, tantôt avec les camarades du camp d'en face. Entre deux conciliabules, elle file d'un poste à l'autre selon l'urgence du moment. J'entends souvent les rumeurs de son passage, je flaire une piste à l'occasion, je relève des traces toutes chaudes, mais chaque fois, le gibier s'est échappé. Alors certes, elle m'envoie des textos d'excuse, des promesses de rendez-vous, des smileys rigolos... des biscuits à la viande pour m'apprendre à faire le beau, oui !

J'ai l'impression de m'embourber dans un marécage. Mais pas la simple tuile avec de la boue au quart de la jante. Non ! là je m'enfonce jusqu'en haut du capot, quand le moteur commence à se noyer et crachoter des borborygmes malsains. Le tout un soir d'hiver. Avec les loups qui hurlent à la lune !

Franchement, qu'est-ce que je fous ici ? Je ne participe à aucune réunion, je ne me suis engagé dans aucun groupe, aucune mouvance, je n'apporte rien à la communauté. Pire, je m'en moque. L'agitation autour de moi m'indiffère. Je flâne dans un champ de fleurs sans me soucier des butineuses qui vrombissent et ajoutent leurs voix au concert pastoral. Et moi ? Bah, je traîne et je profite de la musique. Après tout, pourquoi se donner du mal ? Il n'y en a pas un pour critiquer mon parasitisme. Remarque, vu leur taf, pas le temps de s'intéresser aux glandeurs dans mon genre. Alors je continue ma chasse infructueuse et me désespère.

Blasé, j'hésite à renoncer. Heureusement, Karl-Heinz est là, tout guilleret, pour me maintenir la tête hors de l'eau. Mon gentil terre-neuve !

« Thalia sera à la manif de demain devant le Berlaymont. C'est une occasion pour toi de remonter le cortège et la rejoindre. »

Et il conclut avec un sourire qui achève de me convaincre. Toujours se méfier des gueules d'ange et de leurs idées foireuses !

Allez savoir ce qui a motivé la populace à grossir les rangs (je penche pour la météo clémente), le cortège est si dense ce jour-là que je n'arrive pas à atteindre la première ligne. Ou plutôt si, au bout d'une heure, juste au moment où des casseurs europhobes chargent le défilé et le transforment en pugilat. Voilà comment je me retrouve au cœur d'un combat de rue, sans rien avoir demandé à personne et sans même avoir déniché la demoiselle. Si c'est pas un karma pourri, ça quand même !

Rétrospectivement, cet après-midi marque un tournant, un séisme qui ébranle le continent. Le mouvement *Newrope* était considéré jusque-là comme le joyeux délire sans conséquence d'européistes fervents. L'invitation des partisans souverainistes à la fiesta fédéraliste a amusé les élites, convaincues qu'une véritable démocratie bavarde beaucoup et agit peu. Pourtant, les babas cools de la couronne étoilée ont quand même réussi à rassembler et à intéresser l'opinion publique à l'échelle continentale. Sur LE thème répulsif à souhait qui plus est. Plus efficace que la citronnelle et les bougies parfumées les soirs d'été, c'est dire ! Désormais, on est pris au sérieux et bizarrement, un tel succès en gratouille certains derrière le bulbe.

Pourtant, la raison est simple : la majorité des gens aiment le rêve européen autant qu'ils détestent sa bureaucratie. Retirez cette dernière du débat et le mercure remonte en flèche. Même les plus eurosceptiques, persuadés que les États se débrouilleraient mieux avec les coudées franches, reconnaissent l'intérêt des coopérations. Le débat est sur le curseur et la méthode, pas sur l'objectif à atteindre.

Bon OK, je pèche par optimisme. Les europhobes pensent en effet que nous serions mieux dans une boîte de conserve étanche, à respirer nos gaz et à observer le monde derrière la vitre des pots de grand-mère. Un coup à succomber d'asphyxie, enveloppé de mirages anoxiques, où l'autre se pare d'un masque hideux de rongeur pestiféré. Et si d'aventure la population tombait malade, ce serait forcément à cause de l'un de ces étrangers qui aurait trouvé une brèche par où s'infiltrer. C'est vrai, ce genre de débile existe. J'en ai un exemplaire devant moi qui s'apprête à me décocher un pain bardé de métal.

Faut pas croire, tout informaticien que je suis, je ne frappe pas que sur les touches de mon clavier. Je me suis essayé à la boxe et ses variantes asiatiques. J'esquive le premier crochet, dévie le second et mets en pratique des années de formation : un coup de genou dans les burnes avant de me barrer sans demander mon reste.

Coup d'œil à gauche, à droite, panorama rapide. Putain, ça part vraiment en vrille ! Dégagé de mon adversaire, l'horizon est bouché par des corps-à-corps barbares. La police débarque, enfin, et fend la mêlée. On dirait les troupes du général Custer à Little Big Horn. Même armés de boucliers et de matraques, l'infériorité numérique de la cavalerie est telle qu'il vaut mieux se trouver du côté des sioux déchaînés. Une savante et involontaire manœuvre d'encerclement referme une nasse sur les forces de l'ordre. Je vous le certifie : quand poulaga fâché, lui toujours faire ainsi. Ça n'a pas traîné, les voilà qui envoient du lourd : grenades lacrymos, flash-balls, canons à eau. Les condés sonnent la fin de la récré.

Et voilà comment je me retrouve dans une poubelle cinq minutes plus tard, mon ami alpin en train de m'écraser les guiboles.

À notre retour à l'appart, on ne fait pas les fiers avec notre eau de Cologne aux huiles ménagères. L'ambiance est morose. Calés à cinq par sofa, les résidents sont rivés sur les actualités. Les images labourent les plaies du jour. Lorsqu'un visage connu apparait sur l'écran, l'arcade sourcilière pétée, en train de débiter une connerie obscène inspirée par la haine, on ne sait plus où se mettre. Que les agresseurs soient issus de l'autre camp ne change rien à l'affaire, nous sommes surpris en flagrant délit d'houliganisme. Les commentaires des présentateurs ne sont pas tendres. Si certains rappellent les trois semaines exemplaires que nous venions de traverser, cet après-midi d'errance fait les choux gras des différents fronts nationaux.

La nuit est difficile, personne ne trouve le sommeil. Pour le coup, les ronflements tranquilles de mes voisins me manquent. Les heures passent. L'aube filtre à travers la persienne ; je ne suis pas sûr d'avoir vraiment fermé l'œil.

Le lendemain, le campus est sous le choc. Les dirigeants suspendent les manifestations quotidiennes devant le Berlaymont. Les travaux reprennent mais le cœur n'y est plus. Le soir pointe et je me dis que *Newrope* a vécu.

Nous revenons quand même le lendemain, par habitude. Pourtant, l'atmosphère a changé, un frisson parcourt le campus, un remous de curiosité égaye les conversations : on annonce une grande réunion dans l'amphithéâtre.

Je me cale dans le fond, ma place attitrée désormais. Cette fois-ci, mon cœur est mélangé du plaisir de revoir Thalia et de la honte d'avoir œuvré au sabordage collectif. Alors je me tapis dans l'ombre, derrière un grand blond qui me dépasse d'une tête.

Les cinq intervenants arrivent, présidents des différents groupes et mouvances qui animent le mouvement. Je peine encore avec les noms, mais je reconnais le Danois à la tête du groupe souverainiste, Søren quelque chose. La fantaisie calligraphique du o nordique me fascine, et m'a tout de suite rendu le bonhomme sympathique, a priori confirmé par son tempérament jovial. Les autres n'ont pas encore imprimé mon cerveau : un Polonais, un Portugais, une Italienne. Et Thalia, évidemment.

Si le doute a pu un temps entamer son ardeur, l'Hellène se lance dans une diatribe sévère et impartiale contre les événements de l'avant-veille, suivie d'une profession de foi dans la justesse et les valeurs de la cause. Loin de la reddition, elle appelle à un sursaut qu'elle conclut de ces mots :

« L'Europe a une devise, *Unis dans la diversité*. Aujourd'hui plus que jamais nous devons la reformuler et la crier, forte et claire : *Unis, même dans l'adversité.* »

Les applaudissements éclatent, assourdissants, et obligent l'oratrice à marquer une pause avant de continuer une fois le tonnerre retombé.

« Nous reprendrons les manifestations dès aujourd'hui. Il est probable que nous soyons attendus. Ne répondons pas aux casseurs. Ils ont peur car nous sommes sur le point de gagner la bataille des idées. Gagnons désormais la bataille des cœurs. Offrons aux peuples européens l'image d'une jeunesse déterminée et pacifique. L'image de l'Europe que nous souhaitons. »

Ces mots ont fêlé une coquille au fond de moi. Un kyste enfoui s'est rompu et délité, ses morceaux, éliminés avec les autres chiasses de mon corps. Je suis véritablement devenu Européen ce jour-là, lorsqu'une main m'a tiré hors de mon trou de misère pour m'offrir une vision, un avenir qui mérite qu'on se démène pour lui.

Dès lors, je m'investis dans diverses tâches, souvent en seconde main de Karl-Heinz. Des petits trucs, rien de bien impressionnant. Des choses que n'importe qui aurait pu accomplir. Pourtant, je me sens utile et valorisé. Bien sûr, j'espère toujours tomber sur Thalia, l'Inaccessible. Hélas, sans trop me leurrer. Plus tard peut-être, quand la tension redescendra.

Par contre, faut avouer, l'ambiance colonie de vacances a pris du plomb dans l'aile. Se prendre des dérouillées jour après jour devant les caméras, sans jamais répondre aux connards qui vous abreuvent d'insultes, faut quand même avoir la foi. Bien sûr, il y a la satisfaction personnelle, la joie de voir l'opinion publique saluer notre endurance gandhienne. Y en a même parmi nous pour s'imaginer martyrs et réclamer mille vierges (ou mille verges, c'est selon) pour prix de leur abnégation. Comme quoi, y a des tarés partout.

S'il y en a un qui n'a pas besoin de pareille motivation, c'est bien Karl-Heinz. Qu'importe les rétributions futures, seuls comptent les plaisirs présents, de la grosse poilade aux simples clins d'œil de connivence. Sa seule présence est la garantie d'une entaille dans la morosité. Aussi, lorsque je le vois débarquer avec sa mine ravie des grands jours, je me dis qu'on est encore partis pour une virée dantesque.

« Devine qui vient d'échouer à Bruxelles ? Dragan ! »

C'est pas vrai ! Il ne manquait plus que lui pour avoir la coloc pragoise au complet. Dans la famille Erasmus, je demande le Serbe !

« Allez viens, on va aller faire des courbettes à sa seigneurie ! Car Môsieur est descendu à l'hôtel », lance-t-il en mimant une écharpe qu'il enroulerait autour du cou avec un air hautain.

Je n'ai pas le temps de répondre que Karl-Heinz m'entraîne à sa suite. Pour être honnête, je ne me fais pas trop prier, pressé par la hâte des retrouvailles. Des quatre fantastiques, Dragan Suscic est de loin celui qui a le mieux réussi. Sorti major de sa promotion à Prague, il n'a eu aucun mal à trouver un bureau d'avocat où faire son trou. Il est donc arrivé à Berlin. Après tout, quand on a le choix, autant opter pour une cité pas trop dégueulasse.

Notre ami est en train de suspendre sa flopée de chemises dans la penderie lorsque nous frappons à sa chambre. La surprise fugace laisse vite place aux rires et aux embrassades. Sitôt entrés, Dragan est le premier à vider le minibar pour fêter dignement le retour du trio de Bohême. À court de carburant, nous partons jouer les touristes sur la Grand-Place pour écumer les tavernes et évaluer méthodiquement chacune des bières belges. Trois heures et une ardoise méchamment salée plus tard, nous vadrouillons dans les rues de la vieille ville, inspirés à l'occasion par l'exemple du Manneken, en gueulant à tue-tête des stances de soûlards. Assez tard dans la nuit, nous finissons, sans trop savoir comment, sur les bords de l'étang d'Ixelles avec la furieuse envie d'y piquer un plongeon. Incapables de commander à nos terminaisons nerveuses imbibées d'alcool, nous nous contentons de nous asseoir sur le bord pour philosopher, l'air stupide, sur les canards insomniaques.

« Alors comme ça, c'est Thalia qui t'a fait venir, dis-je dans un instant de lucidité, aiguillonné par un soupçon de jalousie.

— Ouais... meugle Dragan. Veut qu'j'révise sa Constitution...

— Oh ! Sans dec ?

— J'te jure. Bon, les cours de droit constitutionnel, ça remonte... mais le droit international et le droit comparé, c'est ma branche. Ça peut aider. »

Ouh-là, sortir une si longue phrase avec autant de mots compliqués nous épuise tous les deux. Nous restons hébétés à écouter les clapotis de l'eau, dignes des rouleaux de l'Atlantique une fois traversée la caisse de résonnance de nos crânes embrumés. Karl-Heinz roupille sur l'herbe en position fœtale avec un sourire bienheureux.

« Tu penses encore au Karlův most ? »

Je laisse flotter la question de Dragan dans les vapeurs d'alcool. Karlův most... le pont Charles de Prague. Un incontournable touristique. Pour moi, un souvenir amer.

*

Notre année Erasmus s'achevait. Karl-Heinz et moi avions encore quelques jours de cours, tandis que Thalia et Dragan avaient achevé leurs derniers partiels et pliaient bagage à la fin de la semaine.

Nous avions décidé d'une dernière soirée ensemble, l'ultime expédition des quatre fantastiques avec pour mission sacrée d'écouler le plus gros de nos couronnes tchèques restantes. Encore une soirée d'anthologie en perspective.

L'été approchait, la nuit était chaude, nous voulions la prolonger et repousser l'inéluctable séparation en traversant la ville à pied sur le chemin du retour. Une marche d'une bonne heure qui en valait la peine. Partis de Malá Strana, nous traversâmes la Vltava par le pont Charles dont les tours gothiques, majestueuses et imposantes, dominent le paysage pragois aux portes de la ville médiévale.

Particulièrement éméché pour changer, Karl-Heinz chahutait avec Thalia autour des statues qui ornent le pont, sous le regard vigilant de Dragan, garant habituel des excès de ces gamins turbulents. L'avocat nouvellement diplômé s'étonna de mon humeur maussade.

« T'en fais pas, c'est rien. C'est la fin de tout ça qui me mine le moral.

— Mouais... la fin de tout ça ou le départ d'une jolie Grecque ? »

Aïe. Touché.

Je lui décochai un coup de coude complice avec un reproche faussement sévère.

« Va te faire foutre, Dragan.

— Je ne comprends pas pourquoi tu n'as jamais tenté ta chance.

— Y avait l'autre bellâtre. L'Italien.

— Te cherche pas de fausses excuses. C'est fini depuis deux mois, cette histoire. Tu te chies dessus, c'est tout. Tu préfères vivre dans le confort d'un rêve que de te confronter à la réalité. »

Dragan enfonçait des portes ouvertes. L'évidence m'aveuglait depuis le début de l'année. Comme la bonne majorité des gentils garçons, j'étais lâche et imbécile.

« En plus, ajouta Dragan, tes chances sont tout à fait honnêtes. Si tu y mets les formes et te casses un peu le cul, je les estime à soixante pour cent. Ajoutes-en dix pour le repêchage les jours suivants, il t'en reste vingt pour la défaite honorable et les dix derniers pour le râteau cinglant. C'est très jouable. Et puis tu n'as pas trop le choix. Ce soir, tu te couches ou c'est tapis. »

Son côté pince-sans-rire avait souvent le don de m'énerver, mais en l'occurrence, le joueur de poker n'avait pas tort. Sans doute était-il même trop tard. Tant pis, qu'avais-je à perdre à part ma fierté ? Je pris une longue inspiration et me lançai.

Le rire de Thalia ricochait, galet de diamant sur les eaux de la Vltava, pour se perdre en échos contre les murs de la vieille ville. Ses cheveux, presque blancs sous la lumière sélène, la coiffaient d'une mantille de soie aux reflets d'argent auréolés de mystères. Elle dégageait une essence sacrée que je n'osai profaner de ma grossière présence. Si Dragan ne m'avait pas poussé d'une main ferme dans le dos, je serais resté sur le seuil.

Comme j'approchais d'un pas timoré, Thalia crocha mon regard qu'elle ne lâcha plus. Une brise glacée lécha mon front perlé de sueur que mes mains moites essuyèrent sans succès. Pas très glamour, mais le sourire indulgent de la jeune fille attisa un courage chancelant. Encore deux foulées et je sentis sa chaleur irradier dans la nuit aux tardives fraîcheurs printanières. J'aurais pu tendre la main et la toucher, la caresser, peigner ses cheveux de mes doigts et lui dire ces mots qui me brûlaient la gorge. Au lieu de ça, je restai muet.

Elle attendait les paroles libératrices, le geste audacieux et protecteur, le baiser passionné. Elle attendait un homme, quoi. Pas un garçonnet qui mouillait ses couches sans oser se lever pour aller pisser. Chaque seconde ajoutait un grain dans mon sac de honte qui bientôt écrasa mes épaules. Pourtant, elle espérait toujours, les pupilles fébriles, les pommettes rosies et le bout de langue lascive et taquine entre les incisives. Bon sang, que je l'aimais.

Un marionnettiste tira sur les fils rivés à mes muscles pour lever cette main qui rajusta une mèche derrière son oreille. Elle se laissa faire, cligna des paupières lorsque mes doigts effleurèrent sa tempe, s'humecta la bouche comme je caressai son lobe droit. Nos lèvres s'approchèrent, lentement, à l'hollywoodienne. Son haleine, tiède et florale, effleura ma peau et titilla mes narines qu'elle aguicha de fragrances suaves.

Au dernier moment, elle dévia et m'embrassa sur la joue. La pression, délicate et tendre, aurait suffi à enflammer n'importe quel homme avec un minimum de jugeote. Un tel spécimen aux instincts de skippeur aurait tempéré ses ardeurs à la délicatesse du moment, ajusté la voilure pour tirer le meilleur parti du vent, et finalement remporté la régate sous les vivats du public. Pour ma part, je m'embourbai dans le Pot au noir.

Cherchez pas à comprendre. Il y a des mecs comme moi qui naissent avec la case sentimentale atrophiée. La moindre subtilité romantique est gérée par une aire cognitive annexe, sans doute la zone dédiée à la honte et à la colère qui se prennent soudain pour les tauliers. Heureusement que le centre du langage se retrouve HS. Vu les énormités soufflées par mon subconscient, c'est un moindre mal. Et je suis comme ça depuis l'école primaire, une tare à te forger un introverti pur jus et à enrichir les psychanalystes quand pointe la trentaine solitaire.

Bref, dérouté par cette feinte imprévue, je pris la mouche et troquai ma niaiserie amoureuse pour une grimace offusquée, heureusement à demi masquée par l'obscurité. J'ignore si Thalia la remarqua. La jeune femme se dégagea pour courir vers Karl-Heinz qui gueulait tout ce qu'il pouvait, accroché au parapet du pont, pour nous montrer la silhouette d'un grand-duc découpée par la Lune.

« Cours-lui après. »

Dragan avait raison, évidemment ! Je m'entendis sortir une connerie monumentale.

« Inutile, c'est foutu. »

Loin de la rejeter, mon cerveau se plia en quatre pour accepter cette débilité.

« Tu es un imbécile », conclut Dragan sans davantage chercher à me convaincre.

Le pauvre en avait passé des soirs à tenter de raisonner le pauvre hère que je suis. J'étais même admiratif qu'il n'ait pas abdiqué plus tôt. Il me dépassa, les talons claquant sur le pavé du pont, et m'abandonna à ma misère pour rejoindre ses deux amis qui s'amusaient comme des mioches.

Aujourd'hui encore, je me réveille parfois d'humeur maussade, ce souvenir prégnant distillé parmi les rêves déliquescents de la nuit. Je plonge alors ma tête dans l'oreiller et cherche à étouffer ma bêtise. À oublier la ruine de ma vie.

*

Notre ami Serbe, habitué aux bureaux classieux de la Potsdamer Platz, est reçu pour son premier jour par les bousculades énergiques de nos admirateurs d'extrême-droite. Depuis deux jours, les affrontements ont migré du rond-point Schuman aux portes de l'Université Libre de Bruxelles, épicentre de l'Europe alternative dont les relents idéalistes horripilent la fachosphère. La police, désormais habituée aux émeutes, stationne dès le matin aux abords du campus et réprime les trublions dès les premiers signes de débordement. Pour l'heure diplomate, le gouvernement belge montre de sérieux signes d'agacement. Je lui donne moins d'une semaine pour arrêter les frais et faire évacuer l'université manu militari.

En attendant, on flique sur le Net où se livre l'essentiel des combats entre les deux factions. Trolls haineux sur les forums, propagandes pro et anti-Newrope, piratage et usurpation d'identité, tout est bon pour anéantir la réputation de l'adversaire. Si les coups bas et les réalités alternatives prolifèrent davantage chez les antis, le zèle de certains pro-européens nous dessert également.

« C'est un vrai problème, explique Dragan, un soir de beuverie à l'appart. La sécurité informatique est la clef d'un mouvement connecté comme le nôtre. Toulouse a été inaccessible tout hier à cause d'une attaque par déni de service, tandis qu'un *Newrope Daily* falsifié a été envoyé avant-hier à toutes les antennes locales. Comment imaginer qu'un vote transcontinental sur les projets de Constitution puisse être organisé via Internet dans ces conditions ? S'il nous faut recourir à la méthode traditionnelle du bulletin dans l'urne, bon courage pour monter la logistique électorale dans tous les pays d'Europe sans l'aide des gouvernements. Comme notre vote n'a aucune valeur légale, seule sa crédibilité, et donc l'infaillibilité de son organisation, lui donnera du poids auprès des Institutions. »

Dragan a toujours eu le chic pour plomber les ambiances. C'est fou, changer une coloc de dix aficionados chauffés à blanc par de l'ACDC, en suicide collectif sur fond de Stromae. Il n'y a que lui pour réussir ce tour de force…

« La reine Thalia, elle en pense quoi ? lance Karl-Heinz après une longue rasade d'ambrée triplement fermentée, histoire de se remettre.

— Elle est consciente du problème, sans avoir de solution.

— Bah voilà, tu la tiens ton occaz de briller devant la donzelle ! me lance l'Autrichiant, pas peu fier.

— Qu'est-ce que tu me chantes ? je lui rétorque, gêné par le déballage sentimental face aux huit autres colocataires, amateurs de ragots en tout genre.

— T'es informaticien, non ? Ponds-nous un truc pour avoir un vote électronique aux petits oignons. »

Je grogne un peu, m'avale une gorgée pour faire passer l'idée, avant de me convaincre que ce couillon n'a pas tort. Bon, ce n'est pas du tout cuit, mais une ébauche se dessine derrière mes paupières closes, façon Penseur de Rodin. Je pèse le pour et le contre, vérifie qu'aucun officier de justice en congé sabbatique ne traîne dans la pièce, avant de répondre sur le ton de la confidence.

« Je connais bien un truc, le logiciel d'un pote sur le *Dark Web*, un système de codage encore inviolé. Il l'a appelé *Monte Crypto*.

— Coool ! »

J'étais sûr que ça plairait à Karl-Heinz. Côté Dragan en revanche, je m'attends à un refus catégorique. Il agite son verre de *Dictador*, le lève au-dessus de sa tête pour en admirer les reflets ambrés enflammés par la lumière du plafonnier, le ramène ensuite sous ses narines pour en humer les effluves de miel et de café torréfié, avant d'en boire un trait les yeux fermés.

« C'est légal au moins ? demande-t-il, atone.

— Le logiciel, absolument. Ses... principaux utilisateurs, beaucoup moins.

— Précise.

— Disons que si personne n'a encore osé le hacker, c'est pour une bonne raison. Le Milieu... informatique s'en sert abondamment pour ses activités en ligne.

— Tu veux mêler notre mouvement à ces gens ? »

La voix de Dragan est froide et pragmatique. Ah bah dis donc, il s'est bien adapté à son monde, l'avocat. Inutile de fermer une option, même borderline, avant de l'avoir soupesée. Si le jeu en vaut la chandelle avec une marge de manœuvre dans la légalité, il serait stupide d'ignorer cette possibilité.

Malgré sa considération, le copain en costume trois-pièces commence à me chauffer les oreilles avec ses insinuations d'inquisiteur.

« Hé ! Primo, vous me demandez une solution, je vous donne ce que j'ai sous la main. Je vous oblige à rien. Secondo, le code sera noyé dans le backoffice, invisible pour le commun des mortels. Tertio, faire affaire avec mon pote, ce n'est pas traiter avec la Mafia. C'est comme si tu t'offusquais de boire la grappa favorite d'un parrain italien. Par contre, je ne te cache pas que l'application traîne une odeur sulfureuse qui risque d'imprégner tes beaux vêtements.

— En gros, tu nous offres un risque de polémique qui ferait la joie de nos opposants, en échange de la garantie d'un vote sécurisé. Il y a de quoi être fier…

— Pousse pas, Dragan ! Qui est le plus méprisable dans l'histoire ? Celui qui tend la pomme ou celui qui mord dedans en connaissance de cause ? Si tu veux refuser, fais-le tout de suite. »

Mon sursaut hargneux surprend Karl-Heinz qui enfonce son museau dans la mousse de sa bière. Faut pas trop me chercher non plus. Il est bien gentil aussi avec ses états d'âme, le Kaiser serbe. Faut savoir ce qu'il veut. Se battre pour ses idéaux ou protéger sa situation berlinoise bien établie et pimentée d'ambitions.

Dragan reste impassible, nullement impressionné par l'élan d'humeur. Il reprend l'aération de son rhum sans y prêter attention, manière de stimuler ses réflexions. Pour ma part, je retiens une nouvelle salve qui me démange sacrément. Je connais mon gaillard et cette attitude pensive qui le transforme en autiste. Il sera bien temps de lui rentrer dans le lard quand il reviendra parmi nous.

« OK ! lâche-t-il soudain avec un entrain inattendu qui me coupe la chique. Les retombées médiatiques et politiques, quoiqu'encore hypothétiques, seront gérables.

— T'es sûr de ton coup ? lui glisse Karl-Heinz.

— Absolument. Nous jouerons cartes sur table, je défendrai notre choix devant la Terre entière s'il le faut. L'outil ne détermine en rien son utilisation.

— Jouer sur les plates-bandes des gangs, ça ne t'inquiète pas ?

— J'ai toujours rêvé de mourir en martyr. »

Mon œil ! Lorsque Dragan me racontait son enfance sous les bombes et ses jeux aux abords des terrains minés, il me décrivait un garçon attaché à la vie qui ne prenait jamais de risque inutile. Calculateur prudent, oui. Trompela-mort, jamais. Par contre, je sais son amour et sa haine, souvent mêlée, pour une Europe qui a stabilisé bon gré, mal gré, la poudrière balkanique, et tenté de réconcilier des peuples déchirés par l'Histoire. En dépit des échecs, des vieilles rancunes et des demi-succès, Dragan ressent une dette envers cette communauté internationale, d'abord ennemie, puis soutien et enfin alliée. Il se mouillera pour lui rendre la pareille, c'est certain.

Le lendemain, il me conduit devant les représentants du mouvement pour exposer mon idée. Je n'en ai pas dormi de la nuit et j'entre tout flageolant. Voir Thalia à cinq mètres de moi, de l'autre côté de la tablée… j'en rêve depuis mon arrivée à Bruxelles.

Les gens s'installent, l'ambiance est détendue, on rigole un peu en se moquant des retardataires. Moi, je me marre nettement moins. Elle n'est pas là. Thalia traîne quelque part, absorbée par l'une de ses multiples occupations, une de plus, qui l'ont accaparée tous ces jours derniers et l'ont transformée en rumeur, en mythe.

Mon cœur s'emballe, non pas à cause de l'auditoire ou de ma prestation à venir, mais de la peur de la manquer encore. À mesure que les places se remplissent, que les regards impatients guettent mon introduction, mes craintes se cristallisent en désespoir.

Soudain, la porte s'ouvre et elle apparait, le pas énergique motivé par l'urgence.

« Συγνώμη ! Sygnómi ! Je suis désolée, je ne vais pas pouvoir assister à cette réunion. Søren, Eva, ces messieurs aimeraient nous rencontrer. »

Dans l'ombre du couloir, deux hommes en complets gris patientent poliment. Dragan se faufile jusqu'à moi pour me crucifier en direct de quelques mots susurrés à l'oreille.

« Navré pour toi, mon vieux. Ce sont des attachés aux ambassades de France et d'Allemagne. Thalia et les responsables des autres groupes vont en avoir pour la journée. »

Je trouve appui sur le dossier d'une chaise et dissimule le malaise derrière une posture grand seigneur inspirée d'un film de Jean Marais. En coulisse, la gorge sèche et les ongles enfoncés dans la paume de ma main, je n'en mène pas large. J'ai une de ces poisses, ça m'en donne la nausée. Je n'ai qu'une envie, arracher ces sièges d'étudiants et les fracasser en miettes, de préférence sur les jolies gueules des deux empaffés en costard, sans discrimination, dans un bel esprit de concorde franco-allemande. L'union des torgnoles, voilà mon programme pour l'avenir européen.

Tandis que brûlent en moi Amour et Joie de vivre, les présidents des trois principaux groupes du mouvement se sauvent discrètement. Au moment de disparaître, Thalia m'adresse un sourire.

« Bonjour Matthias. Je compte sur toi, je lirai le compte-rendu de ton exposé avec attention. »

La porte se referme. Moins d'une minute de présence et quelques mots à mon adresse… Ça, c'est une progression vertigineuse ! Je flotte sur mon petit nuage comme sa voix résonne encore dans mes oreilles. Il faut hélas que ce satané Dragan me ramène sur terre.

« Allez Dom Juan ! Showtime. »

Je garde un souvenir flou de mon discours, apparemment convaincant vu que l'idée a été acceptée et que je me retrouve en charge de son application. Du coup, je bosse à plein temps sur la sécurité informatique de la votation. Comme plan drague pour conquérir la belle Thalia, avouez qu'on a fait mieux.

En tête à tête avec mon Linux, le casque rivé sur les esgourdes à me cracher du Rammstein en boucle, je retrouve mes vieux démons de codeur et ma vie sociale épanouissante. Ami dévoué, Karl-Heinz s'assure de ma productivité en m'apportant sous le nez des plats réchauffés au four à micro-ondes. Ne lui manque plus qu'un costume de soubrette pour stimuler ma créativité.

La disparition de ces délicates attentions me met d'ailleurs la puce à l'oreille. Voilà deux soirs que je me nourris de chips. Il y a quelque chose de pas normal.

Je sors de ma bulle, et accessoirement du placard qui me sert de bureau au sein de la coloc, pour découvrir un appartement déserté. Je furète et ne trouve que l'un des deux locataires officiels.

« Hé Lars, où est tout le monde ?

— Pas encore rentrés de garde à vue, de ce que j'en sais.

— Hein ?

— Quoi, sérieux ? Tu n'as rien entendu ? »

Ma tête d'abruti plaide pour moi.

« Ça a vraiment merdé hier soir. La police a fait évacuer l'université. Trop contents, les fachos se sont invités à la partie, et voilà. Vandalisme, blessés sérieux en nombre, arrestations de masse et une publicité catastrophique. »

Alors ça y est, le gouvernement a décidé d'agir. Nullement étonné, je suis même admiratif devant sa patience que d'aucuns qualifieraient de permissive. Les organisateurs du mouvement avaient depuis longtemps évoqué ce scénario et mis en place des consignes précises pour se retirer dans l'ordre et la dignité. Il a fallu une vraie cagade pour que ça ait foiré de la sorte.

« Des nouvelles de Karl-Heinz et de Dragan ?

— Dragan doit être à son hôtel. Karl-Heinz est à l'hôpital. Un coup de couteau lui a éraflé les côtes. »

Merde ! Ni une, ni deux, je me renseigne de l'adresse et file le voir. Je le dégote dans une chambre avec deux autres jeunes amochés dans les mêmes échauffourées, en pleine palabre sur la dernière débâcle d'Arsenal en Champions League. Sa bonne humeur apaise mes inquiétudes, un temps ravivées par le relief d'un large pansement sur sa poitrine.

« Une blessure de guerre, mec ! » me dit-il crânement.

Il fait le fier, mais il n'a rien de sérieux, aux dires des infirmiers qui le gardent tout de même pour observation. Lorsque je m'enquiers des événements, les trois estropiés, en dignes héritiers de Clopin et de sa Cour des Miracles, oublient balafres et bandages pour me raconter la nuit héroïque à grand renfort de gestes et d'exclamations. Gare à l'amateur en manque de verve ! Il se fait chiper la priorité par de meilleurs baratineurs. Autant dire que Karl-Heinz monopolise le temps de parole.

« On défilait en rang, peinards, ambiance sortie scolaire, sous l'œil amical des condés. Faut dire, ils squattent depuis tellement longtemps devant le campus qu'on prend les croissants ensemble le matin. Forcément, ça crée des liens. Voilà donc qu'on se fait bombarder de bouteilles de bière à moitié pleines ! Vu l'odeur, je t'assure que c'était pas de la lager. Qu'est-ce que t'aurais fait, toi, après une douche de pisse ? Hein ? On est bien d'accord ! Faut pas s'étonner que ça soit parti en couille à vitesse grand V. »

L'Autrichien énumère ensuite les anecdotes les plus croustillantes, à commencer par son duel avec un skinhead au fort accent russe qui lui a valu son entaille au thorax. Il perd de son lyrisme lorsque j'aborde la question des conséquences de l'émeute.

« Je suis allé direct à l'hôpital hier soir, donc j'en sais trop rien. Dragan est passé avec des fleurs (si c'est pas attentionné, quand même ? Tu n'y as même pas pensé, toi. Pas une boîte de chocolats belges, RIEN ! T'abuses. Où sont tes bonnes manières ? Oh, mais râle pas ! Quoi, tu n'aimes pas mes digressions ?). Dragan est donc passé, avec des fleurs, *lui* !, et m'a vaguement expliqué que ça tirait la gueule en haut lieu. Le prestige de notre sauterie en a pris un coup. Thalia a déjà réussi à relancer la machine après les accrochages du rond-point Schuman, mais cette fois-ci, en plus de panser les plaies, il nous faudra mettre la main sur de nouveaux locaux. Où vas-tu caser les débats, les conférences de presse, les commissions grandes et petites, et tout le bazar ? Pas dans notre appart en tout cas. »

Bonne remarque. La bataille de rue a écorné notre image, l'évacuation de l'université quant à elle, porte un coup fatal au mouvement.

Je reviens de l'hôpital avec un sentiment mitigé, heureux de voir mon ami en forme, et en plein coup de blues de constater nos efforts réduits à néant en une seule journée.

La colocation grouille à nouveau de visages familiers dont la gaieté, bien que forcée, adoucit mon amertume. Les affrontements de la veille sont dans toutes les têtes, mais on occulte le sujet par pudeur. La sono ronronne tandis que les cadavres de bouteilles s'accumulent dans la cuisine, dans l'attente de récupérer la consigne. Malgré les efforts, nul n'a le cœur à s'attarder et je vais me coucher avant minuit. Je pense à ma vie d'antan, morne et sans saveur, que je m'apprête à retrouver.

Une semaine complète s'est écoulée sans reprise des activités militantes. Les assemblées satellites de par le continent tournent au ralenti sans se résoudre à la dissolution. Les journaux ont tous rédigé la chronique nécrologique de *Newrope*, chacun à leur sauce, parfois en sabrant le champagne, rarement en versant une larme, souvent avec d'exhaustives analyses pour démontrer l'inéluctable destinée des actions populaires spontanées. Pendant ce temps, les négociateurs (les vrais !) continuent à plancher sur le projet de Constitution derrière les murs opaques du Berlaymont. Fasciné par l'ébullition intellectuelle à ciel ouvert à l'œuvre depuis un mois, le monde médiatique se réveille avec la gueule de bois, résigné à couvrir des débats, certes érudits et passionnants, mais d'une absconse technicité et dépourvus de la touche émotionnelle omniprésente à l'Université Libre. Même le présentateur du JT a l'air de se faire chier.

Je crois l'affaire pliée lorsqu'un type a remis une pièce dans le jukebox. Et pas n'importe qui, s'il vous plait.

Je suis l'actualité sur les journaux en ligne. Seule l'alerte d'un de mes quotidiens m'a poussé à allumer la télévision et à me vautrer sur le canapé en compagnie de Karl-Heinz et des autres colocs.

En toile de fond, un salon cossu, celui que l'on voit pour les vœux présidentiels du Nouvel An. « C'est marrant, on dirait l'Élysée », dis-je benoîtement. Erreur fatale ! Je me fais houspiller, je vous raconte pas ! Quoi ? Des dorures sont des dorures, allez pas me demander la différence entre un mobilier Napoléon et l'ébénisterie belge. Car loin de Paris, la scène est tournée de l'autre côté de Bruxelles, dans le château de Laeken. Quant au bonhomme, cheveux blancs et l'air avenant, très photogénique devant la caméra : inconnu au bataillon franchouillard. Sur les conseils de Lars le Flamand, je sors une pièce locale de deux euros pour vérifier l'identité du gaillard. En effet, il y a un petit air de famille...

Philippe, roi des Belges, s'exprime à la RTBF, un continent entier suspendu à ses lèvres.

« Mesdames et Messieurs, depuis un mois, notre ville a été le théâtre d'une ferveur européenne d'autant plus remarquable qu'elle s'est levée d'elle-même, au nom de la démocratie et du respect d'autrui, dans sa culture propre, ses envies et ses espoirs. Un tel élan porté par une jeunesse fière et déterminée, soucieuse des avis divergents, illumine notre avenir d'un éclat nouveau, au grand dam des cassandres prompts à nous vendre des lendemains chagrins.

» Cette fougue s'est accompagnée de regrettables débordements qu'une société civilisée ne saurait accepter. La justice fera son travail, déterminera les responsabilités et agira en conséquence. L'ombre de violence posée sur notre ville est toutefois trop fade pour résister au rayonnement de ces derniers jours, pour faire oublier que Bruxelles a été, ne serait-ce qu'un bref instant, le phare du continent.

» Ce flambeau aujourd'hui vacille et menace de s'étouffer. Je le regrette. Nous pouvons avoir des désaccords, nous pouvons rêver différemment et aspirer pourtant au même bonheur. Quelques mots échangés suffisent bien souvent à nous trouver des affinités, à comprendre notre voisin, à le respecter sinon l'apprécier. *Newrope* a été cela. Un forum populaire transcontinental où chacun exprimait ses vœux pour un destin commun. Une expérience inédite dont l'Europe est coutumière. Les expérimentations sont toujours hasardeuses, risquées, pleines d'audace. Elles sont aussi le véhicule de passions, du rejet à l'exaltation. Celle-ci m'a exalté.

» Mesdames et messieurs, vous qui avez participé aux débats de *Newrope* et vous qui n'avez osé franchir le pas, l'Europe a besoin de vous. Nous avons besoin de vous. Depuis bientôt soixante-dix ans, nous avons construit l'union des États. Aidez-nous à présent à bâtir l'union des citoyens.

» Je parle au nom des chefs de gouvernement de notre Union européenne. La Constituante va suspendre ses travaux le temps nécessaire pour raviver la flamme. *Newrope* ressuscité sera force de proposition, rapporteur des travaux de l'assemblée et ultime décideur. Chaque élément de la Constitution arrivé à maturité sera soumis à consultation ouverte à tous avec trois choix : validation, refus catégorique ou renégociation. Un refus catégorique conduira à l'abandon de la mesure avec interdiction d'y revenir. En cas de renégociation, il reviendra aux groupes *Newrope* à travers le continent d'établir les raisons du refus et les mesures correctives à apporter. La Constitution ainsi construite sera soumise à un référendum final transeuropéen et aux votes des parlements nationaux.

» La Belgique est une communauté de destins malmenée par l'Histoire, tiraillée par des pulsions contraires. Notre pays est une miniature de l'Europe, je ne peux concevoir son avenir indépendamment de celui du continent. À ce titre, il m'incombe une responsabilité particulière, celle d'accueillir à bras ouverts ceux qui œuvrent pour son unité.

» Mesdames et messieurs du mouvement *Newrope* de Bruxelles, la reine et moi vous invitons à vous installer dans les jardins du château de Laeken pour y poursuivre votre labeur. Vous y serez accueillis chaleureusement, fraternellement, avec le souci d'offrir un cadre serein et propice au dialogue. Nos vœux de succès vous accompagnent. »

Les portes du bus s'ouvrent dans un soufflet pneumatique et les principaux représentants du mouvement *Newrope* descendent un par un. Devant eux, une foule en délire les accueille comme des rock stars planétaires. Les forces de sécurité à cran, on peut les comprendre, taillent une haie d'honneur entre les journalistes venus des quatre coins du monde. Les Turcs et les Russes préparent déjà des titres acerbes sur la mièvrerie des gouvernements occidentaux décadents ; les Anglais, sceptiques, attendent de voir ; les Américains sont curieux sans trop y croire ; Chinois et Japonais, pour une fois au diapason, regardent ça avec un certain effarement, fossé culturel oblige ; le reste du monde se divise entre les fascinés, les inquiets et les moqueurs. Nul pourtant ne doute de l'ampleur historique de l'événement qui ramène l'Europe, région à la dérive après une décennie perdue, sur le devant de la scène, pour le meilleur et pour le pire.

Les grilles du château de Laeken filtrent les accrédités, administratifs et logisticiens du mouvement *Newrope* en priorité. Les débats se tiendront dehors, dans le parc public, sur une scène en plein chantier.

On m'a nommé responsable informatique, avec un assistant. J'ai choisi Karl-Heinz. C'était ses petits plats ou une perche à perfusions. Au moins lui me fait la conversation. Je m'investis corps et âme dans ma mission, guère différente de mon boulot habituel, l'implication politique en plus et le salaire en moins. Je n'aurais sans doute pas bossé quarante-neuf heures par semaine sans le privilège de croiser Thalia tous les matins. Un bonjour, un sourire, jamais plus, assez pour doper ma journée… je suis un esclave heureux.

Il m'arrive de sortir de ma tanière, de filer en douce pour vider neurones et chopines, Karl-Heinz et Dragan sur les talons. Enfoncés dans des canapés en cuir, les brumes éthyliques dessinent un avenir radieux, celui dont nous rêvions déjà à Prague et désormais à portée de main. L'évocation de la capitale de Bohême plombe un peu l'ambiance. Notre silence souligne une absence, un espace vide sur la banquette, le regret d'un rire à demi oublié.

La mélancolie me colle encore à la peau le lendemain, jour choisi par une journaliste pour son sondage : « Que représente l'Europe pour vous ? » Évidemment, cette fieffée coquine ne trouve rien de mieux que de me pointer le micro sous le nez. J'ai d'abord envie de l'envoyer bouler. La bile s'accumule déjà dans ma gorge lorsqu'elle me sort sa trombine de chaton désemparé, option stagiaire exploitée. Je soupire, ravale mes glaires acides, et m'accorde une seconde de réflexion.

« Quand je pense à l'Europe, je vois les sommets alpins, le désert des Bardenas en Andalousie, les fjords norvégiens ou les Chaussées des Géants en Irlande. Des régions magnifiques qui inspirent humilité et réflexion. Je vois la cathédrale de Chartres, le monastère de Varlaam en Grèce, la mosquée de Cordoue ou la grande synagogue de Budapest. Des cultures pétries d'Histoire riches de leur diversité. J'entends Salut ! Hallå ! Ahoj ! Des langues qui loin de nous diviser, expriment nos sensibilités en de multiples variations complémentaires. Je pleure aussi devant les cimetières militaires de France, d'Allemagne ou de Russie. Un passé fratricide que nous devons garder en mémoire au risque de le répéter. Je ris au Carnaval de Venise, à la Feria de Abril et à l'Oktoberfest ! Une envie de partage qui s'affranchit des frontières érigées dans nos têtes. Je danse sur de la pop britannique, des musiques tsiganes ou du metal scandinave. Une culture qui se nourrit de l'autre sans le rejeter. L'Europe est tout ceci pour moi : un patchwork harmonieusement bordélique que je ne me lasse pas d'admirer. »

De quoi satisfaire la journaleuse qui part en quête d'une nouvelle proie pour son micro-trottoir. Le soir même, l'entretien est diffusé à une heure de grande écoute à la radio. Je m'en serais bien passé. Bah ! Quelle importance ? Mon nom n'est même pas cité. Ça ne m'empêche pas de recevoir des félicitations de Dragan et un texto ironique de Karl-Heinz : « Hé, prends pas le melon, la nouvelle star ! » Mes parents m'écrivent aussi pour me dire combien ils sont fiers, et mine de rien, ça me touche.

Un dernier message arrive plus tard en soirée : « Très bonne interview. Prenons un café, demain à neuf heures. Nous parlerons de Prague et du futur. » Signé Thalia.

www.ingramcontent.com/pod-product-compliance
Ingram Content Group UK Ltd.
Pitfield, Milton Keynes, MK11 3LW, UK
UKHW040006200726
13854UKWH00001B/70

9 791095 442424